노빈손과 천하무적 변호사 사무소

초판 1쇄 펴냄 2016년 7월 31일
　　3쇄 펴냄 2020년 8월 3일

글 김민철
일러스트 이우일
펴낸이 고영은 박미숙

펴낸곳 뜨인돌출판(주) | 출판등록 1994.10.11.(제406-251002011000185호)
주소 10881 경기도 파주시 회동길 337-9
홈페이지 www.ddstone.com | 블로그 blog.naver.com/ddstone1994
페이스북 www.facebook.com/ddstone1994 | 노빈손 www.nobinson.com
대표전화 02-337-5252 | 팩스 031-947-5868

ⓒ 2016 김민철, 이우일

ISBN 978-89-5807-612-4 03810

이 도서의 국립중앙도서관 출판예정도서목록(CIP)은 서지정보유통지원시스템 홈페이지
(http://seoji.nl.go.kr)와 국가자료종합목록 구축시스템(http://kolis-net.nl.go.kr)에서
이용하실 수 있습니다. (CIP제어번호 : CIP2016015813)

어린이제품안전특별법에 의한 제품표시
제조자명 뜨인돌출판(주) **제조국명** 대한민국 **사용연령** 10세 이상

노빈손과 천하무적 변호사 사무소

김민철 글 | **이우일** 일러스트

뜨인돌

법(法)! 여러분은 법이라는 말을 들으면 어떤 생각이 드나요? '딱딱하다' '어렵다' '재미없다' '나와 상관없다'라고 생각하는 사람들이 많을지도 모르겠습니다. 솔직히 말하면 저도 본격적으로 법을 공부하기 전에는 법에 대해 막연한 거리감을 가지고 있었어요.

하지만 잘 생각해 보면 법은 우리의 일상생활과 밀접하게 연결되어 있습니다. 아침에 학교를 가기 위해 버스를 타는 일, 편의점에 가서 물건을 사는 일, 학교에서 수업을 듣는 일 등 대부분의 일상생활을 유심히 살펴보면 각종 법적 계약관계가 숨어 있다는 걸 알 수 있어요. 우리는 이미 법과 '함께' 살아가고 있는 것이죠. 한데 보통 사람들은 법에 대해 잘 모르고 있어요. 그래서 이번에는 노빈손이 직접 법의 세계로 뛰어들었습니다.

그동안 온갖 모험을 해 온 노빈손이 변호사 사무소에 갑니다. 노빈손의 친구인 이유석이 억울하게 살인사건의 범인으로 몰렸기 때문입니다. 더욱 심각한 문제는 피해자가 평범한 사람이 아니라는 겁니다. 노빈손은 이유석을 도우려고 하지만, 그러려면 시험을 통과해야 한다고 송미연 변호사는 단호하게 말합니다.

과연 노빈손은 송미연 변호사가 낸 시험을 통과할 수 있을까요? 그리고 친구 이유석의 억울한 누명을 벗겨 줄 수 있을까요? 이유석이 범인이 아니라면 다른 사람이 범인이라는 말인데, 실제 범인을 밝혀 낼 수 있을까요?

이유석을 돕는 노빈손의 활약을 통해서 여러분은 실제로 법이 어떻게 작동하는지, 범죄에 연루되면 어떤 일을 겪게 되는지, 재판은 어떻게 진행되는지를 알 수 있게 될 겁니다. 그리고 법을 다루는 변호사들이 어떤 사람들이고 어떻게 일을 하는지도 배울 수 있습니다.

오래전 일입니다. 〈노빈손 시리즈〉를 읽고 막연하게 '나도 이런 책을 쓰고 싶다'라는 생각을 했던 적이 있습니다. 그리고 그 막연한 꿈이 현실이 되는 행운이 찾아왔습니다. 당연히 제게 많은 도움을 주신 분들이 있기에 가능한 일이었습니다.

원고 투고부터 원고 작성까지의 긴 과정을 지켜보며 응원과 격려를 해 준 친구, 동료 및 선후배 법조인, 지인들에게 감사를 전합니다. 삶의 원동력인 부모님과 가족들, 친척들에게도 항상 고마움을 느끼고 있다고 조심스레 고백해 봅니다.

이 책을 읽은 독자 여러분들이 법과 변호사에 대해서 조금이라도 더 잘 이해하고 흥미를 느낄 수 있으면 좋겠습니다.

김민철

| 차례 |

모든 국민은 인간으로서의 존엄과 가치를 가지며, 행복을 추구할 권리를 가진다.

국가는 개인이 가지는 불가침의 기본적 인권을 확인하고 이를 보장할 의무를 진다.

| 대한민국 헌법 제10조 |

모든 사람은 태어날 때부터 자유롭고, 존엄하며, 평등하다.

모든 사람은 이성과 양심을 가지고 있으므로

서로에게 형제애·자매애의 정신으로 대해야 한다.

| 세계인권선언 제1조 |

변호사는 기본적 인권을 옹호하고 사회정의를 실현함을 사명으로 한다.

| 변호사법 제1조 제1항 |

피고인 김시민 강도사건 재판일.

증인은 피고인 김시민이 피해자의 집에서 나오는 걸…

봤습니까?

예.

피고인이 칼을 들고 피해자의 집에서 나오는 걸 분명히 봤습니다.

아…

변호인, 반대 신문 하시죠.

증인이 피고인을 목격한 게 언제인가요?

사건이 발생한 날 밤10시 쯤이었 습니다.

혹시 날짜를 헷갈리거나 다른 사람과 착각하는 건 아닐까요?

아닙니다. 제 두 눈 으로 분명하게 봤고, 날짜는 6월 6일 현충일이었습니다.

그것 참......

아, 그, 그게…

증인은 그날 피고인을 보지 못했으면서 거짓말을 하고 있는 겁니다.

존경하는 재판장님! 피고인이 범인이라는 증거가 없으므로 무죄를 선고하여 주십시오.

캬, 변호사 좀 멋진 듯!

샤방·

샤방·

바나나 &깡

1

사건의 시작

8시 뉴스

8시 뉴스가 시작되자 손석의 아나운서는 평소처럼 차분한 목소리로 첫 소식을 전했다.

"오늘 조주민 대통령이 국빈 자격으로 일본을 방문하여, 에나로 미안타요 총리와 2시간 넘게 정상회담을 가졌습니다. 일본에 있는 취재기자 연결해서 자세한 이야기 나눠 보겠습니다. 도쿄의 박동경 특파원!"

"네, 도쿄의 박동경입니다."

"오늘 정상회담 뒤에 두 정상이 공동 기자회견을 가졌다고 하던데, 구체적으로 무슨 이야기가 나왔나요?"

"양국 공동 기자회견장에서 두 정상은 한일 양국 간의 협력을 강화해 두 나라가 함께 성장할 수 있도록 최선을 다하겠다는 입장을 밝혔습니다."

"공동 기자회견에서 나온 이야기가 그게 전부는 아니었죠? 두 번째 정상회담 개최 소식도 있었죠?"

"네, 그렇습니다. 다음 달인 2020년 8월 15일에 대한민국에서 다시 정상회담을 가질 예정이라고 밝혔습니다."

"정상회담을 한 지 약 한 달 뒤에 다시 정상회담을 개최하는 것도 이례적이라고 할 수 있는데, 정상회담 날짜도 의미가 있다는 분석이 나오고 있습니다. 왜냐하면 8월 15일은 우리나라에게는 광복절이지만 일본에게는 제2차 세계대전에서 패배한 날이기 때문입니다. 일본 입장에서는 8월 15일에 정상회담을 개최하는 게 부담이 될 수도 있을 것 같은데, 특별히 정상회담 날짜를 그날로 정한 이유가 있나요?"

역시 날카로운 분석력을 가진 손석의 아나운서답게 핵심을 찌르는 질문을 던졌다.

"2차 정상회담은 에나로 총리가 요청하였고, 정상회담 날짜도 일본 측에서 8월 15일을 먼저 희망한 것으로 알려지고 있습니다. 아직 일본 정부가 공식적인 입장을 밝히지는 않았지만, 일본 외무성 고위 관계자의 말에 따르면 그 날짜에 맞춰서 일본 정부가 과거사에 대한 입장을 밝힐 것이라고 합니다."

"과거사에 대한 일본 정부의 입장이란 게 정확히 어떤 것인지 조금 더 자세하게 설명을 해 주시겠습니까?"

"잘 알려진 것처럼, 그동안 일본은 과거사에 대해 불분명한 태도를 보여 왔습니다. 일제 강점기 때에 일본 제국이 저지른 각종 만행에 대해서 반성하는 것 같은 입장을 표명하였다가, 곧 아무런 잘못을 한 게 없다는 식으로 정반대의 말을 하는 등 오락가락하였습니다. 그런데 이번에는 과거의 잘못된 일들에 대해 확실하게 반성하고 피해자들에게 일본 정부 차원의 실질적인 보상이 이루어질 수 있도록 할 예정이라고 합니다."

"만약 예상대로 정상회담이 진행되고, 일본이 과거사에 대해 확실하게 반성을 한다면 한일 양국 간의 관계에 큰 의미가 있겠네요. 박동경 기자는 앞으로도 일본에서 열심히 취재를 해 주세요. 다음 소식입니다…."

불이 꺼진 방에서 뉴스를 시청하던 남자는 리모컨을 집어던졌다. 배가 불룩하게 튀어나오고 볼에 살도 많아 전체적으로 두꺼비 같은 인상의 남자는 잔뜩 화난 목소리로 고함을 쳤다.

"멍청이 같으니라고!"

그래도 분이 풀리지 않은 남자는 들고 있던 유리잔을 벽을 향해 세게 던졌다. 잔이 벽에 부딪히는 소리가 요란하게 울리자 검은 양복을 입은 남자가 황급히 방 안으로 뛰어 들어왔다.

"괜찮으십니까?"

두꺼비를 닮은 남자는 대꾸도 하지 않고 씩씩대며 방 안을 이리

저리 돌아다녔다. 한참이나 뭔가를 궁리하던 남자는 결심한 듯 말했다.

"당장 한국 가는 비행기 예약해. 작업할 사람도 알아보고."

"네, 알겠습니다."

검은 양복의 남자는 90도로 인사를 한 뒤, 밖으로 나갔다.

"절대 가만두지 않겠어!"

두꺼비를 닮은 남자의 눈은 분노로 이글거리고 있었다.

알바생 노빈손

띠리링~ 띠리링~.

전화벨이 울리자 노빈손은 재빨리 수화기를 들었다.

"감사합니다, 변호사 사무소입니다."

전화를 건 사람은 약간 당황한 것 같았다.

"거기 혹시 송송 변호사 사무소 아닌가요?"

"네, 맞습니다."

"아, 맞군요. 평소 전화 받던 분과 목소리가 달라서 잘못 건 줄 알았어요."

"원래 일하던 직원분이 갑자기 몸이 안 좋아져서, 앞으로 몇 달

간은 제가 대신 일하게 되었어요. 전 대한민국 최고 미남 노빈손이라고 합니다."

"하하, 네. 저는 주식회사 큰손의 최 과장이라고 하는데, 변호사님께 메일로 법률 자문을 구한 게 있거든요. 언제쯤 답변 가능한지 확인해 주시겠어요?"

"네. 제가 알아보고 다시 전화드리겠습니다."

노빈손은 곧바로 정면에 있는 방문을 두드렸다. 답이 없었다. 다시 한 번 노크를 했지만 여전히 반응이 없었다. 노빈손은 조용히 방문을 열었다.

누군가 오른팔을 베개 삼아 책상에 엎드려서 자고 있었다.

"저기 변호사님…."

노빈손이 조심스럽게 부르자 자고 있던 사람이 화들짝 놀라며 깨어났다.

"아, 빈손 씨. 와예? 뭔 일 있십니꺼?"

30대 중반의 여성이 반쯤 눈이 감긴 상태로 노빈손을 바라보며 강한 경상도 억양으로 물었다. 부스스한 머리와 화장기 하나 없는 얼굴에 침 자국까지. 얼핏 보면 백수 같은 이 사람이 바로 노빈손이 일하고 있는 송송 변호사 사무소의 대표인 송미연 변호사였다.

"변호사님, 많이 피곤하신가 봐요."

"어제 쪼매 늦게 잤더만, 잠이 억수로 쏟아지네에. 근데 와 불렀

법률가가 되기 위해서는 사회와 다른 사람에 대한 관심이 필요해요. 법은 사회에서 일어나는 다양한 문제를 해결하기 위한 규칙이니까요. 그다음에 필요한 건, 열심히 법을 배우겠다는 성실함일 것 같네요.

십니꺼?"

　"주식회사 큰손에서 연락이 왔는데 법률 자문에 대한 회신이 언제쯤 가능하냐고 물어보더라고요."

　"아, 맞다. 오늘까지 메일 주기로 했는데…"

　송미연 변호사는 책상을 뒤지기 시작했다. 책상엔 각종 서류가 체계 없이 이중 삼중으로 쌓여 있었다. 거기에 필기도구, 과자 봉지, 법률 서적까지 정리가 안 된 상태로 혼잡하게 섞여 있어, 한눈에 봐도 정신이 없고 지저분해 보였다.

한참 책상을 뒤적이던 송미연 변호사는 '주식회사 큰손의 법률 자문에 대한 검토 의견서'라는 제목의 서류를 찾아냈다.

"초안은 작성해 두었고, 문장만 조금 더 다듬으면 되니 1시간 이내에 메일 보낼 수 있다고 전해 주이소."

큰손 주식회사에 전화를 하고 나서 얼마 지나지 않아, 또 전화기가 울렸다.

"주윤하 씨 대여금 사건 상대방 변호사 사무소인데요, 변론기일이 다음 주 금요일 오후 2시로 잡혀 있는데, 그날 저희 다른 재판과 일정이 겹쳐서요. 일주일 뒤 같은 시간으로 변경하는 신청서를 제출하려고 하거든요. 혹시 동의해 주실 수 있나요?"

노빈손은 상대방의 말을 메모지에 받아 적었다. 주윤하, 대여금, 변론기일, 변경, 동의. 그런데 뭐라고 답해야 할지 난감했다. 변론기일이 뭐지? 뭘 바꾼다는 것 같은데 동의해 줘도 되는 건가?

"아, 그게…."

노빈손이 우물쭈물하고 있자 화장실에서 세수를 하고 사무실로 들어오던 송미연 변호사가 무슨 일인지 물었다.

"와예?"

노빈손이 메모 내용을 전달하자, 송미연 변호사는 수첩을 보고

변론기일이란 재판받는 날짜를 말해요. 재판에 필요한 주장과 증거 자료가 준비되면, 재판장이 정하게 되어 있고, 공개 법정에서 진행을 합니다. 변론기일 전에 변호사가 자료를 판사에게 제출하고, 변론기일에 변론을 하게 됩니다. 변론기일에 출석이 어려우면 기일변경(연기) 신청서를 제출하면 되죠.

일정을 확인했다.

"그날 다른 일정이 없으니, 동의 가능하다고 전달하모 됩니더."

노빈손은 송미연 변호사의 말을 그대로 전했다.

전화만 많은 것이 아니었다. 법률 상담을 받으려고 사무실을 방문하는 사람도 많았다. 그것으로 끝이 아니었다. 변호사 업무 중 제일 중요한 업무인 재판도 있었다.

전화, 상담, 재판, 서면 작성! 쉴 틈 없는 하루 하루였다. 몸이 열 개라도 모자랄 상황에서도 송미연 변호사는 침착함을 잃지 않고 차근차근 일처리를 해내고 있었다.

일주일 전, 인터넷 공간을 누비다가 '변호사 사무소에서 일할 직원을 구합니다'라는 게시글을 보고 송미연 변호사를 처음 만났을 때 노빈손은 자못 충격을 받았다. 변호사라고 하면 굉장히 똑똑해 보이고, 매우 차가운 인상을 가지고 있을 것이라 짐작했다. 하지만 송미연 변호사는 아니었다. 동네에서 본 적 있는 것 같은 친근한 인상을 가지고 있었다. 그리고 얼핏 보면 나사라도 하나 빠진 것처럼 엉성해 보이기도 했다.

하지만 일을 할 때는 전혀 달랐다. 송미연 변호사는 전문가답게 똑 부러지게 업무를 수행해 냈다.

고신 호텔과 엘도 호텔

엘도 호텔은 서울시 도심 한복판에 자리 잡고 있었다. 엘도 호텔은 화려한 외관과 고급스러운 실내 장식을 갖추고 있을 뿐만 아니라, 호텔 내의 각종 서비스도 뛰어난 5성급 고급 호텔이었다.

또한 최첨단 IT 기술이 적용된 시설을 갖추고 있기도 했다. 각종 가전제품, 전자기기를 네트워크로 연결해 제어하는 사물인터넷(Internet of Things)은 엘도가 자랑하는 대표적인 시스템이었다. 일일이 손으로 버튼을 누를 필요 없이 사물인터넷을 활용하면 모든 기계가 원격으로 제어가 가능했다.

이처럼 최고의 시설을 두루 갖춘 호텔이었기에 외국의 귀빈들이 한국을 방문할 때는 주로 엘도 호텔을 이용했다.

총지배인은 호텔에서 근무한 경력이 30년이 넘었지만, 귀빈이 올 때마다 늘 긴장이 되었다. 특히 외국의 대통령이나 총리와 같은 국빈이 올 때는 더욱 그랬다.

하루 종일 호텔을 돌아다니며 꼼꼼하게 호텔 내부와 외부를 살핀 총지배인은 마지막으로 호텔 입구에 걸린 커다란 현수막을 확인했다.

 세상에는 법이 굉장히 많이 있어서 변호사들도 법을 다 외우지는 못해요. 변호사들은 기본적인 법률 논리를 알고 있는 사람으로, 사건이 발생하면 관련 법률을 찾아보면서 일을 한답니다.

**에나로 총리님의 대한민국 방문 및
엘도 호텔 투숙을 진심으로 환영합니다.**
— 엘도 호텔 직원 일동 —

엘도 호텔과 한 구역 정도 떨어진 곳에는 고신 호텔이 있었다. 고신 호텔도 시설이나 서비스가 나쁜 편은 아니었지만, 엘도 호텔만큼 최고급 호텔은 아니었다. 합리적인 가격으로 깔끔한 서비스를 제공하는 곳으로 이유석이 일하는 직장이기도 했다.

"유석아, 지배인님이 부르셔."

바쁘게 일하고 있던 이유석은 지배인의 호출을 받자 부리나케 달려갔다. 지배인은 심각한 표정으로 자리에 앉아 있었다.

"지배인님, 안색이 안 좋아 보이시는데 무슨 나쁜 일이라도 있어요?"

"꼭 나쁜 일이라고 말하기는 힘든데, 좀 걱정되는 일이 있어서…. 곧 일본의 에나로 총리가 우리나라에 방문하는 거 알지?"

"네. 뉴스 통해서 들었어요."

"그런데 이따이 씨도 한국을 방문한다는구나. 더 큰 문제는 그 사람이 우리 호텔에 묵는다는 거야."

"이따이 씨요? 그 사람이 누군데요?"

"쉿!"

지배인은 이유석의 입을 급하게 막았다.

"소리 크게 내지 마. 이따이 씨가 누구냐면…"

지배인은 이유석의 귀에 대고 귓속말을 했다.

"네?"

이유석은 놀라서 눈이 동그래졌다.

"왜 우리 호텔인가요? 옆에 엘도 호텔도 있는데."

"정확한 이유는 나도 잘 모르겠어. 어쨌든 우리 호텔에 묵게 된 건 엄연한 사실이니, 최대한 신경을 써야 해. 그래서 말인데, 우리 호텔에서 가장 믿을 만한 유석이 네가 이따이 씨의 방을 책임지고 청소 상태는 깨끗한지, 지내기에 불편한 점은 없는지 등을 확실하게 챙겨 줘야겠다."

"부담스럽긴 하지만, 지배인님께서 맡기시니 열심히 해 보겠습니다."

"그런데 한 가지 유의할 사항이 있어. 이따이 씨가 우리 호텔에 묵는 건 극비 보안 사항이니, 이건 너와 나만 알고 있어야 한다. 알았지?"

"걱정 마세요, 지배인님. 제가 입 무겁기로는 둘째가라면 서러울 정도라는 걸 잘 아시잖아요."

업무 능력이 뛰어나기로 소문난 이유석이었지만 걱정을 전혀 하

우리나라에서 변호사가 되려면 사법시험에 합격하고 2년간의 사법연수원을 거치든지. 3년제의 법학전문대학원(로스쿨)을 졸업하고 변호사시험을 통과해야 합니다. 한편 사법시험은 2017년 폐지될 예정이에요.

지 않을 수는 없었다. 이유석은 이따이가 묵을 3층 객실의 청소 담당인 장옥정 여사를 찾아갔다. 장옥정 여사는 '고신 호텔의 트로트 여왕'이라는 별명에 어울리게 직원 휴게실에 앉아 노래를 흥얼거리고 있었다.

"날씨가 더워서 청소하느라 많이 힘드시죠. 음료수 좀 드세요."

"아유, 매번 이런 걸 주고 그래? 잘 마실게, 고마워. 호호. 근데 일부러 여기까지 찾아오고 무슨 할 말이라도 있어?"

"실은 부탁할 게 한 가지 있는데요…. 말 안 해도 알아서 잘해 주시겠지만, 특별히 304호 청소는 더 깨끗하게 부탁드릴게요."

"알았어. 그 방에 누구 특별한 사람이라도 묵어?"

"부모님 아는 사람이 묵을 예정인데, 그 분이 좀 유난스러워서요."

304호 투숙객이 누구인지는 극비 사항이라 어쩔 수 없이 선의의 거짓말을 했다.

"응, 알았어. 그 방은 다른 방보다 두 배로 더 신경 써서 청소할게. 호호."

"고맙습니다. 그나저나 노래자랑 준비는 잘 하고 계세요?"

"열심히 준비하고 있어. 요즘엔 요게 있어서 노래 연습이 더 잘되고 있지. 호호."

장옥정 여사는 볼펜 모양의 물건을 내밀었다.

로스쿨에 지원을 하려면, 4년제 대학의 학사학위를 받았거나, 받을 예정이어야 해요. 로스쿨에서 3년의 교육과정을 모두 수료하면 변호사시험을 볼 수 있는 자격을 얻게 됩니다. 판·검사는 법원 또는 검찰에서 자체적으로 실시하는 평가를 통해 임용될 수 있습니다.

"볼펜 아닌가요? 그거랑 노래 연습이 무슨 상관이 있어요?"

"겉보기에는 볼펜 같지만 이건 연속으로 72시간 동안 녹음 가능한 녹음기야. 노래 부를 때 녹음했다가 나중에 틈틈이 들어 볼 수 있지. 가격이 좀 비싸긴 한데, 이번엔 꼭 우승하려고 큰맘 먹고 구입했어. 호호."

"와우~ 대단한데요!"

장옥정 여사가 신나서 자랑하는 모습을 보니 이유석도 괜스레 기분이 좋았다.

에나로 미안타요의 사과

에나로 총리는 정상회담을 5일 앞둔 2020년 8월 10일 한국을 방문하여 첫 공식 일정 장소인 국립박물관으로 향했다. 광복 75주년을 맞이하여 국립박물관은 다양한 기획전시를 하고 있었는데, 그중 하나가 '일제 강점기 당시 한국인의 삶'이었다.

독립운동을 하다가 붙잡혀서 고문을 당하는 한국인의 모습이 그려진 그림 앞에서 에나로 총리는 한참을 서 있었다. 실제로 일어난 역사적 사건이기는 하지만 후손으로서 조상들이 저지른 잘못을 대면하는 일이 쉽지는 않았다.

사실 변호사지만, 법 공부가 쉽지는 않아요. 공부해야 할 양도 많고 계속 법이 바뀌기 때문이죠. 그래서 변호사가 된 뒤에도 꾸준히 법 공부를 해야 한답니다.

하지만 에나로 총리는 잘 알고 있었다. 불편하고 곤혹스럽다는 이유로 외면한다고 해서 과거의 잘못된 일이 없어지지 않는다는 것을. 오히려 용감하게 맞설 때 해결될 수 있는 문제라는 걸.

전시회를 관람한 뒤, 에나로 총리는 강제징용 피해자들을 만났다. 일제 강점기 시절 아무것도 모르는 어린 나이에 그들은 일제의 지시에 따라 일본으로 끌려갔다. 그리고 공장, 탄광, 건설 현장 등에서 기계처럼 일을 했다. 일이 얼마나 힘들었는지 일을 하다가 목숨을 잃은 사람들도 많았다.

에나로 총리는 무거운 표정으로 행사장에 들어서더니, 90도로 허리를 숙였다. 그 장면을 놓치지 않으려고 사진기자들이 연달아 카메라 셔터를 눌렀고 플래시가 여기저기서 번쩍였다.

"종말로 죄소하므니다. 즈말로 제소함니다."

에나로 총리는 일본 말 대신 한국말로 사과를 했다. 발음은 다소 어눌했으나 전달하고자 하는 뜻은 분명했다.

에나로 총리의 사과를 받은 피해자들은 어찌 할 바를 모르고 손수건으로 눈물을 훔쳤다. 그동안 이 순간을 얼마나 기다려 왔는지 모른다. 잠자는 시간 빼고는 하루 종일 일만 하면서 인간 이하의 생활을 하던 그때부터 70년 넘는 긴 시간 동안 이 순간만을 기다렸다고 해도 과언이 아니었다.

한동안 이어지던 숙연한 분위기를 깨고 사회자의 목소리가 행사장에 퍼졌다.

"지금부터 짧은 기자회견을 갖겠습니다. 질문이 있는 분께서는 손을 들고 소속을 밝힌 뒤에 질문해 주시기 바랍니다."

사회자의 말이 끝나기 무섭게 많은 기자들이 손을 번쩍 들었다.

"경한일보 김진모 기자입니다. 저도 한국인의 한 사람으로서 오늘 총리님의 말과 행동에 깊은 감사를 느끼고 있다는 말씀을 먼저 드리고 싶습니다. 그동안 일본의 어느 정치인도 하지 못한 일을 해주셨기 때문입니다."

기자의 말을 통역을 통해 전달받은 에나로 총리는 가볍게 고개를 숙여 답례를 했다.

"한 가지 질문이 있습니다. 오늘 총리께서 하신 말씀을 일본 정부의 공식 입장이라고 봐도 되겠습니까? 과거사 문제에 관해 총리께서 한국에 지나치게 낮은 자세를 취한다며 총리의 태도를 비판하는 일본 국민들도 있다는 걸 알아서 드리는 말씀입니다."

에나로 총리는 다소 곤혹스러운 표정을 지었다.

"일단 오늘은 일본의 총리가 아닌 한국을 사랑하고, 한국인들이 겪은 아픔에 공감하는 일본인의 한 사람으로서 이 자리에 참석한 것입니다. 그렇다고 일본 정부의 입장이 다르다는 말은 아닙니다. 일본 정부의 공식 입장은 며칠 뒤에 있을 정상회담 이후에 명확하게 밝히겠습니다."

예전에는 변호사가 대표적으로 돈을 많이 버는 직업이었는데, 지금은 과거만큼 변호사가 많은 돈을 버는 건 아니에요. 물론 굉장히 많은 돈을 버는 변호사들도 있지만, 보통의 회사원과 비슷하게 돈을 버는 변호사들도 많아요.

한편, 청중 속에서 이 모습을 못마땅하게 바라보는 남자가 있었다. 그는 총리의 답변을 듣고 심하게 인상을 구겼다.

"바보 멍청이."

혼잣말로 울분을 토하던 그는 조용히 행사장을 빠져나왔다. 그러곤 곧 어딘가로 전화를 걸었다.

"작전을 시작한다."

짧은 말이었지만 꽤나 비장했다.

"네! 알겠습니다."

상대방은 마치 군인처럼 절도 있게 대답했다.

 툭제 분위기

서울광장은 한껏 들뜬 분위기였다. 광복절과 한일 정상회담 개최를 기념하여 한일 문화교류축제가 열리고 있었기 때문이다. 수많은 사람들이 축제를 즐기기 위해서 광장에 모였는데, 그 틈에 노빈손과 말숙이도 있었다.

"빈손아, 왜 이렇게 꾸물거려. 빨리 저기로 가 보자."

말숙이는 시청 건물 앞쪽에 설치된 무대를 가리켰다.

"지금부터 한일 문화교류축제 축하 콘서트를 시작하겠습니다.

첫 무대는 한국과 일본을 오가면서 활발하게 활동하고 있는 그룹이죠? '동방의 EX'입니다. 큰 박수로 맞아 주시죠."

사회자의 소개가 끝남과 동시에 아이돌 그룹이 무대에 올라서자 관중들은 큰 함성으로 맞이했다. 물론 말숙이도 예외가 아니었다.

"꺄악. 어머, 어떡해. 내가 제일 좋아하는 동방의 EX야. 오빠, 사랑해요."

말숙이는 노빈손이 옆에 있는 것도 아랑곳하지 않고 스타를 향한 열렬한 마음을 드러냈다. 아무리 연예인이라고는 하지만 그 모습을 보고 있으려니 노빈손은 심통이 났다.

"저렇게 비쩍 마른 나무젓가락들이 뭐가 좋다고 그렇게 난리야?"

말숙이가 노빈손을 째려봤다.

"뭐? 나무젓가락이라고? 우리 오빠들 한 번만 더 그렇게 불러 봐. 내가 가만 안 둘 테니."

"어, 이러다 남자 친구 때리겠다?"

"노래 들어야 되니, 조용히 좀 할래."

노래가 시작되자 말숙이는 음악에 몸을 맡긴 채 노래를 따라 부르기도 하고 몸을 들썩이며 안무를 흉내 내기도 했다. 과한 몸짓에 옆에 있던 사람들이 눈치를 줬지만 신경 쓰지 않았다.

변호사가 피고인이 되면, 자신을 직접 변호할 수도 있습니다. 하지만 대부분의 변호사들은 다른 변호사를 변호인으로 선임해서 도움을 받습니다.

동방의 EX는 세 곡을 부른 뒤에 무대에서 내려왔다.

"아무리 생각해도 너무너무 멋있어. 사람이 아닌 것 같아."

"외계에서 왔나 보지, 뭐."

"쓸데없는 소리 하지 말고, 맛있는 거나 먹자. 간만에 몸 좀 썼더니, 엄청 허기지네."

노빈손과 말숙이는 서울광장 뒤편의 행사장으로 걸음을 옮겼다.

"자자, 오늘 마지막 폭탄 세일입니다. 핫도그 3개에 2천 원. 몇 개 안 남았으니 얼른 오세요."

핫도그 가게 주인이 소형 마이크로 호객 행위를 하는 소리가 들리자 말숙이가 눈을 번뜩이더니 앞으로 달려 나갔다. 발에 로켓이라도 단 것 같은 무서운 속도였다.

앞뒤 안 보고 달리던 말숙이가 가게 근처에 거의 도착했을 때쯤 앞에 서 있던 사람이 갑자기 몸을 돌리는 바람에 말숙이와 어깨가 부딪혔다. 워낙 빠른 속도로 달렸던 터라, 말숙이는 그 반작용으로 세게 튕겨져 나가 바닥에 나뒹굴었다.

"어이쿠."

말숙이가 넘어졌다 일어난 사이에 마지막 핫도그는 다른 사람의 차지가 되어 있었다.

"아, 뭐예요. 왜 갑자기 나타나서 길을 막고 그래욧!"

말숙이와 부딪혔던 여성은 벌게진 얼굴로 고개를 숙이며 일본말로 사과했다.

"스미마셍.(미안합니다)"

한바탕 분노를 표출하려던 말숙이는 상대가 한국 사람이 아니라는 걸 알고 적잖이 당황했다.

"외국 사람이니까 특별히 봐주는 거예요. 앞으로는 조심히 다니세요."

변호사가 범죄를 저지르면 일정한 기간 동안 변호사로 활동할 수 없고, 아주 나쁜 범죄를 저지른 경우에는 변호사 자격을 박탈당할 수도 있어요. 법을 지켜야 하는 건 변호사도 마찬가지인 거죠.

일본 여성은 말숙이가 자리를 떠날 때까지 몇 번이고 고개를 숙여 사과를 했다. 고개를 숙일 때마다 별 모양의 목걸이가 반짝하고 빛났다.

그 시각, 고신 호텔의 장옥정 여사는 304호 방 청소에 열중하고 있었다. 트로트의 여왕은 일을 할 때도 노래를 멈추지 않았다. 새로 산 볼펜형 녹음기를 손에 쥐고 마치 무대에 선 프로 가수처럼 구성지게 노래를 불렀다.

"육십 살에 저 세상에서 날 데리러 오거든, 뱃살이 무거워서 못 간다고 전해라~."

마지막으로 거실 소파 위만 닦고 청소를 마무리 지으려는데 휴대전화가 울렸다.

띠리리링~.

'전화기가 어딨더라?'

장옥정 여사는 몸 여기저기를 더듬으며 휴대전화를 찾았다.

툭!

"어머, 순자야! 엄청 오랜만이다. 애들은 잘 크고?"

전화에 정신이 팔려 장옥정 여사는 뭔가가 떨어지는 것도 모른 채 방 밖으로 나갔다.

사건의 발생

 이유석의 걱정과 달리 이따이는 보통의 투숙객들과 다를 게 없었다. 오히려 보통 사람들보다 더 조용하게 지냈고 호텔 방도 깨끗하게 사용했다.

 이따이는 평소 오전 10시에 밖으로 나갔고, 10시 30분이면 청소 담당 장옥정 여사가 이따이의 방을 1시간가량 청소했다. 청소가 끝나고 난 11시 30분쯤에 어김없이 이유석이 이따이의 방 상태를 점검했다.

 '음, 깨끗하군! 완벽해! 괜히 예민하게 생각했나?'

 이따이가 고신 호텔에 투숙한 지 3일째 되던 날, 일과가 끝난 이유석은 남자 직원들 무리와 함께 퇴근을 하고 있었다. 가까운 곳에서 곱창 회식을 할 요량이었다. 이유석이 막 호텔을 벗어났을 때 장옥정 여사에게 전화가 걸려 왔다.

 "유석아, 정말 미안한데, 우리 애가 갑자기 열이 너무 많이 나서 지금 병원에 있거든. 그래서 말인데 내일은 출근 못 할 것 같아."

 "그래요? 소진이는 괜찮아요?"

 "해열제 먹고 열은 좀 내렸는데, 하루 이틀 정도는 경과를 지켜봐야 할 것 같아. 304호는 어쩌지?"

 "제가 알아서 할게요. 소진이 간호에만 신경 쓰세요. 호텔 일은

변호사랑 검사 시험은 다르지 않습니다. 변호사가 되려면 '변호사시험' 또는 '사법시험'을 통과해야 되고, 변호사 중에서 일부가 검사가 되는 겁니다.

걱정 마시고요.”

이유석이 전화를 끊자 옆에 있던 직원이 물었다.

“장옥정 여사님 아이가 아프대?”

“네. 목소리가 안 좋으시네요.”

한껏 들썩였던 분위기가 차분하게 가라앉았다.

“에효, 내일은 평소보다 일찍 304호에 들어가야겠네.”

이유석은 속삭이듯 혼잣말을 했다.

다음 날, 이유석은 장옥정 여사의 청소 도구를 챙겼다.

“간만에 청소 실력 좀 발휘해 볼까?”

이유석은 이따이의 방으로 향했다.

똑똑똑. 똑똑똑.

두 번 노크를 했지만, 인기척이 없었다.

‘나갔나 보군.’

방문을 열고 들어서던 이유석은 흠칫 놀랐다.

거실 소파 위에 이따이가 대(大)자로 누워 있었던 것이다.

“주무시고 계신 줄 몰랐네요. 죄송합니다. 전 밖에 나가신 줄 알고…. 편하게 쉬세요.”

이유석은 이따이가 깨지 않도록 조심조심 움직였다. 막 방을 나가려고 하는데 뭔가 이상한 느낌이 들었다. 이따이가 누워 있는 모습이 평범하게 보이지 않았던 것이다.

이유석은 뒤돌아 누워 있는 이따이를 다시 쳐다보았다. 얼핏 보면 편하게 자고 있는 것 같았지만 목이 꺾어진 각도나 손과 다리의 위치 등이 어딘가 부자연스러웠다. 혹시나 하는 생각에 이유석은 이따이에게 조심스레 다가갔다.

손가락을 이따이의 코에 대어 봤는데 숨을 쉬고 있지 않는 것 같았다.

"손님, 괜찮으세요? 눈 좀 떠 보세요."

이유석은 이따이의 몸을 세게 흔들었다. 하지만 이따이는 반응하지 않았다. 한 번 더 몸을 흔들어 봤지만 마찬가지였다. 이따이는 자고 있던 게 아니었다!

"여기요! 누구 없어요? 좀 도와주세요."

이유석은 떨리는 목소리로 있는 힘껏 고함을 질렀다.

"유석아, 무슨 일이야? 왜 그래?"

마침 근처를 지나던 요리사 양순동이 뛰어 들어와서 물었다.

"형… 저기…."

이유석은 말을 제대로 잇지 못했다.

이유석, 체포되다

"방금 들어온 속보를 전해 드립니다."

침통한 표정의 손석의 아나운서가 뉴스를 전했다.

"오늘 오전 일본의 에나로 미안타요 총리의 딸인 에나로 이따이가 투숙하고 있던 호텔에서 피습을 당했습니다. 아직 조사 초기라 정확한 이유나 경위는 파악되지 않았으나, 이따이는 개인 자격으로 한국을 방문하여 여행을 하던 중인 것으로 알려졌으며 에나로 총리와는 다른 호텔에 투숙했었습니다. 한편 에나로 총리의 신변에는 아무런 이상이 없다고 합니다."

한일 정상회담을 바로 코앞에 둔 시점에서 일본 총리의 딸이 한국에서 피습을 당하는 사상 초유의 사태가 발생하자 대한민국은 발칵 뒤집혔다.

한국 정부는 발 빠르게 움직였다. 조주민 대통령은 사고 소식을 접한 뒤에 곧바로 성명을 발표했다. 한국에서 일어난 불미스러운 사고에 깊은 유감을 표시하는 한편, 범인을 신속하게 검거해서 법의 엄중한 심판을 받게 하겠다는 내용이었다.

수사기관인 검찰과 경찰 또한 난리가 났다. 검찰총장은 긴급하게 전국의 고등검찰청장을 불러서 대책을 논의하였고, 검사 10명으로 구성된 특별수사본부를 꾸렸다. 경찰도 부산하게 움직였다.

범죄를 수사하는 기관이 검찰인데, 검찰 조직에서 가장 높은 지위에 있는 사람이 검찰총장입니다. 검찰총장은 대통령이 임명하죠. 하지만, 한 사건에 대한 수사는 담당 검사가 진두지휘합니다.

특히 이따이 사건을 배당받은 종로경찰서는 전 직원들이 정신없이 움직였다. 경찰청장이 직접 경찰서를 방문하여 모든 역량을 총동원해서 범인을 잡아 내라고 닦달했다.

일단은 최초 목격자의 이야기를 들어 보는 일이 중요하다고 판단한 종로경찰서 강력계 노 팀장은 이유석을 불렀다. 이유석은 이따이가 고신 호텔에 묵었을 때의 일, 사건 발생 당일에 이따이를 발견한 정황 등을 자세하게 진술했다.

"네, 그게 제가 이따이 씨를 발견했을 때의 모습이었습니다."

4시간 넘게 조사가 진행되면서, 이유석도 경찰들도 슬슬 지쳐 가고 있을 때였다. 종로경찰서에 한 통의 전화가 걸려 왔다.

"이따이 사건에 관해서 한 가지 제보를 하려고 합니다."

전화를 건 남자의 목소리는 매우 낮게 깔려 있었다.

"제보 내용이 뭔가요?"

"범인을 알고 있습니다. 범인은 바로…."

화들짝 놀란 장 경사는 제보자가 말하는 사람에 대해서 황급히 메모하기 시작했다. 메모가 끝나자 장 경사는 곧장 노 팀장에게 가서 귓속말로 전했다.

"뭐라고? 그게 사실이야?"

노 팀장이 깜짝 놀라 소리쳤다.

"제보 내용이 그렇습니다."

만약 제보 내용이 사실이라면 보통 일이 아니었다.

"이유석 씨, 지금 갑자기 일이 생겨서 그러니 어디 가지 말고 여기서 잠깐만 기다리고 있으세요."

자리를 옮긴 노 팀장은 경찰관들을 재빨리 소집했다.

"지금 당장 현장으로 출동해."

30여 분 뒤. 신속하게 제보 장소에 출동한 경찰관 한 명이 노 팀장에게 전화를 걸었다.

"팀장님, 발견했습니다. 제보 내용이 사실인 것 같습니다."

"응, 알았어. 증거물품 갖고 경찰서로 바로 복귀해."

통화를 끝낸 노 팀장은 이유석에게 돌아왔다.

"경찰관님, 조사 끝나려면 아직도 멀었나요? 집에 가서 좀 쉬고 싶은데…."

이유석은 퀭한 눈으로 노 팀장을 쳐다보았다.

"이유석 씨!"

조금 전과는 다른 매우 차가운 목소리였다.

"이유석 씨는 지금 살인죄를 저지른 피의자 신분으로 긴급 체포됩니다. 당신은 묵비권을 행사할 수 있으며 지금 당신이 하는 말은 법정에서 불리하게 작용할 수 있습니다."

노 팀장이 말을 하는 동안 두 명의 경찰이 나타나서 이유석의 양팔을 잡았다. 노 팀장은 수갑을 꺼내 이유석의 손목에 채우며

드라마나 영화에서 경찰이 범인을 체포할 때 범인에게 뭐라 뭐라 설명하는 장면을 본 적이 있죠? 범인을 체포할 땐 범인에게 무슨 범죄를 저질렀는지 설명하고 변호인을 선임할 수 있고 묵비권을 행사할 수 있다는 사실을 반드시 알려주어야 해요. 이 원칙을 '미란다원칙'이라고 해요.

남은 말을 마무리 지었다.

"또한 당신은 변호사를 선임할 권리가 있으며 경제적인 능력이 없으면 국선변호인의 도움을 받을 수 있습니다."

이유석은 도대체 이게 무슨 일인지 알 수 없었다. 살인이라니? 마른하늘에 날벼락도 이런 날벼락이 없었다.

이유석과 노*빈손

"빈손아, 어쩌면 좋으냐."

큰 덩치에 어울리지 않게 눈물이 많은 양순동이 울먹이며 전화를 받았다.

"이건 뭔가 착오가 있는 거예요. 목격자인 유석이를 체포하다니요."

노빈손은 길길이 뛰었지만 언론에서는 이미 이유석이 범인인 것처럼 보도했고, 인터넷 게시판의 여론도 비슷했다. 이유석을 범인으로 단정하고 심한 욕설로 비난하는 게시글이 포털사이트를 점령했다.

'이렇게 가만히 앉아 있을 수는 없어. 뭐라도 해야겠어.'

노빈손은 이유석의 어머니를 찾아가 보기로 했다. 한시가 급해

'사선변호사'라는 말을 들어 보셨나요? 사선변호사는 '국선변호사'의 대칭 개념으로 쓰입니다. 국선변호사는 경제적으로 형편이 어려운 사람도 변호사의 도움을 받을 수 있도록 변호사 비용을 국가에서 부담하고, 국가가 고용하는 변호사이고 사선변호사는 개인이 고용하고 변호사 비용도 개인이 부담하죠. 원하는 변호사를 고르는 걸 '선임'이라고 합니다.

퇴근 시간을 기다릴 여유가 없었다. 조퇴를 해야겠다며 자초지종을 얘기하자 송미연 변호사가 물었다.

"유석이라고 했십니꺼? 그 유석이가 지금 테레비에 살인 혐의로 체포되었다고 나오고 있는 그 이유석은 아니지예?"

"유감스럽지만 그 유석이가 맞아요."

"둘이 우찌 아는 사인교?"

노빈손은 약 1년 전 고신 호텔에서 아르바이트를 하던 시절을 떠올렸다.

고신 호텔 레스토랑의 주방은 매우 분주했다. 요리하는 사람, 음식을 레스토랑으로 내어 가는 사람, 설거지하는 사람들이 각자 바쁘게 움직였다.

"노빈손! 설거지 밀렸어. 빨리빨리 움직여."

문사포 주방장은 귀가 따가울 정도로 큰 소리로 말했다.

"예, 갑니다요, 주방장님."

"주방장이 아니라 셰프라고 몇 번을 말해? 넌 이 머리를 장식으로 들고 다니는 거야?"

까칠하기로 유명한 문사포 주방장, 아니 문사포 셰프는 손가락으로 노빈손의 머리를 쿡쿡 눌렀다.

"죄송합니다, 셰프님."

노빈손은 크게 외치고는 산처럼 쌓인 그릇들을 부지런히 헹궈
서 선반에 올렸다.

쨍그랑!

너무 서둘러서였을까. 손에서 미끄러져 나간 그릇이 바닥에 떨
어지며 산산조각이 났다. 곧 일어날 일을 생각하니, 노빈손은 눈앞
이 캄캄해졌다.

"또 깼어? 이번 달만 해도 벌써 세 번째야. 너 정신이 있는 거야, 없는 거야? 너 때문에 내가 제명에 못 살겠다. 너 같은 애는 아무런 쓸모가 없어."

문 셰프는 화가 잔뜩 나서 노빈손에게 온갖 꾸지람과 욕설을 늘어놓았다. 10분 넘게 계속된 문 셰프의 구박은 '이번 달 월급에서 그릇 값을 빼겠다'는 말로 마무리 되었다.

한창 바쁜 식사 시간이 지나자 주방에도 약간의 여유가 찾아왔다. 틈을 타서 노빈손은 주방 뒷문으로 나와 바깥 공기를 쐬었다. 하루 종일 바쁘게 뛰어다니고 서서 일하다 보니 다리가 매우 아팠다. 손도 계속 물에 담그고 있으니 할아버지 손처럼 쭈글쭈글했다. 멍하니 손을 바라보던 노빈손은 아까 문 셰프가 자신에게 했던 말이 떠오르자 왈칵 서러움이 몰려왔다.

'내가 잘못을 하긴 했지만 일부러 그런 것도 아닌데 아무런 쓸모가 없다니….'

방학 때 용돈이라도 벌어 보려고 호텔에서 아르바이트를 하던 노빈손은 다른 일자리를 알아봐야 하는 건 아닌가 하는 생각이 들었다.

"오늘 또 문 셰프가 난리 쳤다지?"

고개를 돌려 보니, 이유석이었다. 동갑인 그는 호텔 내에서 노빈손과 가장 가까운 사이였다. 이유석은 호텔에서 오랫동안 일을 해

만 14세가 되지 않은 청소년은 죄를 지어도 형사처벌을 받지 않습니다. 어떤 행동이 나쁜 행동인지를 잘 판단하지 못한다고 보기 때문이죠. 하지만 죄를 지은 청소년이 만 10세 이상이면 소년법에 따라 보호처분을 받아 소년원에 보내지거나, 사회봉사를 해야 할 수도 있어요.

서 업무 처리가 능숙했고 성격이 좋아서 사람들과도 두루두루 잘 지냈다.

"어떻게 알았어?"

"내가 소문이 좀 빠르잖아. 바쁘게 일하다 보면 그릇을 깰 수도 있는 거지, 뭘 그런 걸로 사람을 쥐 잡듯이 잡고 그래? 안 되겠어, 내가 직접 문 셰프에게 가서 우리 빈손이 그만 괴롭히라고 단단히 말해야겠네."

이유석이 실제로 문 셰프를 찾아가진 않을 거라는 걸 알았지만, 노빈손은 자신을 위해 말이라도 그렇게 해 주는 이유석이 무척 고마웠다.

"아냐, 괜찮아."

"빈손아, 나도 그렇고 사람이라면 누구나 실수는 하는 거니, 너무 의기소침해하지 마."

이유석은 노빈손의 어깨를 토닥였다. 나이는 같았지만 이럴 때는 형 같은 느낌이 들었다.

"이거 먹고 힘내. 기분 우울할 때는 단 음식이 최고야."

이유석은 밝게 웃으면서 노빈손에게 초콜릿 맛 우유를 건넸다.

"고마워, 유석아."

노빈손은 코끝이 찡해지는 것을 느꼈다.

피의자의 어머니

"아주머니, 괜찮으세요?"

노빈손이 물었지만 이유석 어머니의 눈에는 초점이 없었다. 하긴 세상 누구보다 소중한 사람인 자식이 살인범으로 몰려 체포되었는데 멀쩡하면 오히려 이상한 일이다. 이럴 때는 주변에서 도움을 줘야 한다.

"충격이 크시죠? 그럴수록 마음 단단히 먹고 똑바로 대응을 하셔야 해요."

"그래 그래. 근데 뭐부터 해야 할지 모르겠구나."

"우선 변호사부터 선임을 해야 할 것 같아요. 앞으로 닥칠 일들은 모두 법과 연관이 있는 일들인데, 아무래도 우리는 법을 잘 모르니 전문가의 도움을 받아야 해요. 혹시 아는 변호사 있으세요?"

"내가 주변에 아는 변호사가 어디 있누. 어쩐다니…."

"음, 그럼 제가 요즘 변호사 사무소에서 근무하고 있는데요. 저희 사무실 변호사님께 말씀드리면 어떨까요? 좋으신 분이에요."

"정말? 그분이 맡아 주실까?"

"걱정 마세요, 아주머니. 제가 잘 말씀드려 볼게요."

노빈손은 이유석의 어머니를 뒤로하고 성급히 집을 나섰다.

 범죄를 저지른 것으로 의심을 받아 수사나 재판을 받게 되면 혼자 힘으로는 대응하기가 쉽지 않죠. 이럴 때는 변호사의 도움을 받는 게 좋은데, 변호사로부터 도움을 받을 수 있는 권리(변호인 조력권)는 헌법에서도 규정하고 있는 중요한 권리입니다.

변호사의 뻔한 고민

"빈손 씨, 아무래도 이 사건은 안 맡는 기 나을 거 같은데에."

송미연 변호사는 곤란한 표정을 지으며 고개를 좌우로 흔들었다.

"아니, 변호사님. 그게 무슨 말씀이세요?"

송미연 변호사가 의외의 반응을 보이자, 노빈손은 적잖이 당황했다.

"변호사님, 우리 유석이는 절대 그럴 애가 아닙니다. 그건 누구보다 제가 잘 알아요. 유석이는 억울하게 누명을 쓴 겁니다."

노빈손은 마치 자기 일이라도 되는 것처럼 흥분해서 말했다.

"빈손 씨는 이유석 씨와 매우 친한 것 같네에."

"네, 맞아요. 유석이는 저와 둘도 없이 친한 친구입니다. 제게 많은 도움을 준 은인이기도 하고요. 유석이를 위해서라면 전 뭐든 할 준비가 되어 있어요. 그리고 이 사건을 꼭 변호사님께서 맡아 주셨으면 합니다."

"그러면 좋겠지만 그게…."

"무슨 문제라도 있나요?"

"솔직히 말하면 이 사건은 너무 큰 사건입니다. 전 국민의 관심이 집중되어 있기도 하고, 일본도 예의 주시하고 있는 국제적인 사건 아입니꺼. 변호사로서는 엄청시리 부담이 되는 게 사실이고예."

"어떤 부담을 말씀하시는 건가요?"

"빈손 씨는 이유석 씨가 무죄라고 확신을 하고 있지예?"

"당연하죠."

"하지만 보통 사람들은 그리 생각 안 하거든예. 이미 이유석 씨가 범인이라고 단정하고 있다 아입니꺼. 그런데 내가 이유석 씨를 변호한다고 하면 잔혹한 흉악범을 변호한다고 사람들이 억수로 비난할 낍니더. 저도 사람이라서 비난 여론에 신경이 쓰일 것 같다 이 말입니더."

송미연 변호사는 차분하게 말을 이어나갔다.

"걸리는 건 또 있어예. 만약에 내가 열심히 변호해서 유석 씨가 무죄를 받는다고 쳐 보이소. 일본 사람들이 가만히 있겠십니꺼. 그렇다고 의뢰인이 유죄를 받기를 바랄 수도 없고…"

듣고 보니 송미연 변호사로서는 고민이 많이 될 법했다.

"그럼 이 사건을 맡을 수 없다는 말씀이신가요?"

"그렇다고 사건을 안 맡기도 그런 게, 아무리 잔인한 범죄를 저지른 사람이라고 하더라도 변호사의 도움을 받을 권리가 있거든예. 변호사에게는 피고인을 도울 의무가 있기도 하고. 그래서 좀 고민이 많이 되네예."

"그러지 말고, 일단 유석이의 어머님을 먼저 만나 보고 결정하는

변호사들이 뒷돈을 받고 변호를 제대로 안 해줬을 경우에 처벌할 방법이 있나구요? 구체적인 사안에 따라 다르겠지만, 변호사도 잘못을 저지르면 변호사협회로부터 징계를 받기도 하고, 심할 경우에는 형사처벌을 받습니다.

건 어떨까요? 전 변호사님이 당연히 사건을 맡으실 줄 알고, 오늘 오후 3시에 상담을 받으러 오라고 말씀드렸거든요."

"생각할 시간이 좀 필요하긴 한데, 이미 약속을 잡았다고 하니 일단 이유석 씨의 어머님은 만나 보입시다."

2시 30분.

약속 시간이 되려면 아직 30분이나 남았지만 이유석의 어머니는 이미 송송 변호사 사무소 앞에 도착해 있었다. 마음이 급해서 도저히 가만히 있을 수가 없었던 것이다. 그녀는 심호흡을 크게 한 번 한 뒤에 사무소의 문을 열었다.

"아주머니, 일찍 오셨네요. 상담실에 잠깐만 앉아 계시면, 제가 변호사님께 말씀드릴게요."

"고맙구나, 빈손아."

잠시 뒤 송미연 변호사가 상담실로 들어왔다.

"처음 뵙겠습니다. 송미연 변호사라 캅니더."

"안녕하십니까? 이유석의 애미 되는 장길순이라고 합니다."

인사를 하고 얼굴을 마주 보던 두 사람은 누가 먼저랄 것도 없이 동시에 외쳤다.

"혹시…."

두 사람의 인연

"혹시 예전에 신림동에 살지 않았십니꺼?"

송미연 변호사가 먼저 물었다.

"네, 맞아요. 혹시 신림동 상신여고 아래쪽에서 하숙한 적 있지 않으세요?"

"맞십니더. 어디서 마이 본 거 같은 얼굴이다 싶더마, 역시 아지매 맞네예. 아지매는 그때나 지금이나 여전히 고우시네예. 그동안 잘 지냈십니꺼?"

두 사람은 손을 마주 잡았다.

"두 분이 서로 아는 사이세요?"

노빈손의 물음에 송미연 변호사는 고개를 끄덕였다.

"알다마다. 이 분이 오늘의 나를 있게 해 준 장본인 아입니꺼."

"네, 그게 무슨?"

노빈손이 눈을 동그랗게 뜨자 송미연 변호사는 웃으며 12년 전 이야기를 들려주었다.

송미연은 신림동 고시촌에서 사법시험 준비를 하고 있었다. 훌륭한 법조인이 되겠다는 각오를 다지며 아침에 눈을 떠서 밤에 잠들 때까지 공부에만 전념하던 시절이었다. 독서실에서 공부를 마치고 하숙집에 돌아오면 밤 12시가 넘기 일쑤였다.

 예전에는 사법고시를 꼭 치러야 했지만 이제는 변호사시험을 봐서 변호사 자격을 얻을 수 있어요. 변호사시험은 보통 4일간 봅니다. 시험 과목으로는 공법, 형사법(형법, 형사소송법), 민사법과 응시자가 선택하는 전문 분야의 법, 이렇게 시험을 보게 됩니다.

그런 송미연에게 하숙집 주인 아주머니는 달걀, 과일, 빵과 같은 야식을 늘 챙겨 주곤 했다. 인심 좋은 아주머니 덕분에 송미연은 고단한 수험 생활을 견딜 수 있었다.

송미연이 주인 아주머니에게 결정적인 도움을 받은 것은 그해 여름이었다. 열심히 노력한 덕분에 송미연은 사법시험 1차에 합격하고 2차 시험에 응시할 수 있었는데, 2차 시험은 하루에 끝나는 1차 시험과 달리 4일 동안 연이어 진행되었다. 3일째까지는 괜찮았는데, 3일째 밤에 일이 터졌다. 송미연이 급체를 한 것이다. 몸살까지 겹쳐 방에 누워 꼼짝도 못 하고 신음 소리만 내고 있을 때 송미연을 응급실로 데리고 간 사람이 바로 주인 아주머니였다. 그뿐 아니라 아주머니는 밤새 송미연을 간호한 뒤, 병원비까지 내 주고 시험장까지 바래다주었다.

"그때 아지매가 안 도와줬으모 지는 아마 변호사가 못 되었을 낍니더. 그때는 진짜로 고마웠십니더."

"아니에요. 내가 뭘 한 게 있다고."

"그때는 왜 그렇게 저에게 잘해 주셨어예?"

"뭐… 나도 하숙은 처음이라 힘들었지만, 하루 종일 공부만 하느라 지쳐 있는 걸 보니 대견하면서도 한편으로는 안쓰럽기도 하고 해서."

"2차 시험 합격하고 나서 인사드리러 하숙집을 찾아갔었는데,

그 사이에 이사를 하셨더라고예. 아무튼 그때 '다음에 꼭 이 은혜를 갚아야겠다' 하고 다짐했었십니더."

"변호사님, 그럼 이 사건 맡으시겠다는 건가요?"

잠자코 두 사람의 대화를 듣고 있던 노빈손이 기회를 놓치지 않고 송미연 변호사에게 물었다.

"하모요. 전 국민의 관심이 집중되어 있어서 부담감도 크고 사건 자체도 쉽지 않지만, 최선을 다해서 한번 해 보겠십니더."

송미연 변호사가 결의에 차서 말하자, 이유석의 어머니가 고개를 숙여 인사했다.

"감사합니다, 감사합니다."

 ## 노빈손의 부탁

이유석의 어머니가 사무실을 나가고 나자 송미연 변호사는 사건을 처리하기 위한 준비에 돌입했다.

"빈손 씨, 변호인 선임신고서를 검찰에 제출해 주시고 지금 이유석 씨가 어느 구치소에 있는지 알아봐 주이소."

"네, 알겠습니다. 근데, 변호사님…"

"무슨 할 말 있어예?"

 구치소와 교도소는 다릅니다. 구치소는 수사나 재판을 받기 위해 구속되어 있는 형사 피고인을 잠시 가둬 두는 곳이고, 교도소는 판결이 확정된 사람에게 죗값을 치르게 하려고 가둬 두는 곳입니다.

"부탁드릴 게 있는데요, 제가 변호사님을 도와서 유석이의 무죄를 밝히는 일을 할 수 있게 해 주세요."

"지금 빈손 씨 하는 일이 이유석 씨의 무죄를 밝히는 데 도움이 되는 일들입니다."

"서류 복사하기, 전화 받기, 사무실 청소하기 등등의 일도 중요하고 그 일이 제가 맡은 일이라는 건 알지만 제가 말씀드리는 건 좀 더 실질적으로 도움이 되는 일을 하고 싶다는 거예요. 변호사님이 유석이의 어머니에게 갚을 은혜가 있는 것처럼 저도 유석이에게 갚아야 할 마음의 빚이 많아요. 그리고 친한 친구가 누명을 쓰고 있는데 가만히 있는 것도 힘들고요."

"빈손 씨의 마음은 잘 알겠어예. 친구를 진심으로 위하는 마음이 절실하게 느껴지기도 하고예. 그런데 안타깝게도 변호사의 일이라는 게 그렇게 간단하고 쉬운 일이 아입니다. 기본적으로 법에 대해서도 잘 알아야 하고, 사실관계를 잘 파악하려면 관찰력과 추리력도 뛰어나야 하고…."

"법률적인 지식은 제가 부족할지 모르지만 관찰력과 추리력이라면, 또 이 노빈손을 따라올 사람이 없을걸요?"

송미연 변호사는 믿지 못하는 눈치였다.

"변호사님, 오늘 평소보다 30분 정도 일찍 집에서 나오셨죠?"

"그걸 어떻게 알았어예?"

재판에서 주로 쓰이는 말 중 '사실관계'란 실제로 일어난 사건의 진실을 의미해요. 법률적인 판단을 제대로 하려면 사실관계를 잘 파악해야 합니다. 예를 들어, A가 B에게 맞았다고 주장하며 경찰서에 온 경우. B가 실제로 A를 때린 적이 있는지를 알아보는 게 '사실관계'를 파악하는 것이고, 만약 A의 주장이 사실일 때 B를 처벌할지를 정하는 것이 법률적인 판단이죠.

노빈손은 송미연 변호사가 들고 있는 커피 컵을 가리켰다.

"저희 사무실 근처에 있는 커피숍은 콩콩커피와 팡팡커피가 있죠. 평소 변호사님은 아침 8시 50분 정도에 출근하고 보통은 콩콩커피를 들고 오시는데, 오늘은 평소와 달리 팡팡커피를 가지고 왔습니다. 그런데 팡팡커피는 지하철역을 기준으로 했을 때 저희 사무실과는 반대 방향에 있습니다. 걸어서 10분은 걸리는 거리죠. 그리고 팡팡커피는 워낙 인기가 많은 곳이라 커피가 나오는 데까지 평균적으로 10분 정도는 걸립니다. 지하철역에서 팡팡커피까지 10분, 커피 기다리는 시간 10분, 팡팡커피에서 지하철역까지 10분. 변호사님이 팡팡커피를 사려면 최소 30분 정도는 소요가 되는데 출근 시간은 평소와 다르지 않았으니, 평소보다 일찍 나오신 거라고 생각했습니다."

노빈손이 막힘없이 이야기를 하자, 송미연 변호사는 적잖이 놀랐다.

"어때요, 이 정도면 제 실력 아시겠죠?"

"생각했던 것보다 훨씬 뛰어난 관찰력과 추리력을 가지고 있긴 한데…."

송미연 변호사는 여전히 망설이고 있었다.

"그래도 제 실력에 대한 의문이 남아 있다면 시험을 한번 해 보시죠. 시험을 통과하면 제가 유석이 사건을 도울 수 있게 해 주세요."

"아, 그럼 그렇게 해예. 다른 사건을 처리하는 걸 보고 판단하지예."

 ## 할머니의 사탕

변호사 사무소의 일은 해도 해도 끝이 없었다. 정신없이 일처리를 하다 시계를 본 노빈손은 깜짝 놀랐다. 어느새 지하철 막차 시간이 임박해 있었던 것이다. 노빈손은 지하철역을 향해 전속력으로 달려갔다.

계단을 뛰어 내려가던 노빈손은 계단 아래에서 초라한 행색의 할머니 한 분이 쪼그리고 앉아 있는 모습을 발견했다. 무슨 일인지 할머니는 매우 고통스러운 표정을 짓고 있었다.

"지금 신도림행, 신도림행 마지막 열차가 들어오고 있습니다. 이번 열차는 저희 역에서 출발하는 마지막 열차이오니 열차 이용에 착오 없으시기 바랍니다."

주변 사람들은 살짝 눈길을 주었지만, 안내 방송을 듣고는 바쁘게 걸음을 옮겼다.

할머니를 챙기다 보면 막차를 놓칠 가능성이 매우 컸다. 그렇다고 도움이 필요해 보이는 할머니를 모른 척하는 것도 마음에 걸

법이 어렵게 느껴지는 이유 중의 하나는 법률용어가 대부분 어려운 한자어로 되어 있기 때문입니다. 그래도 다행인 건 어려운 법률용어를 쉬운 표현으로 바꾸는 작업을 나라에서 진행하고 있다는 사실이죠.

렸다.

"그래, 결심했어."

잠깐 고민하던 노빈손은 결단을 내렸다.

"할머니, 어디 편찮으세요?"

정의로운 노빈손답게 할머니를 돕기로 한 것이다. 할머니는 힘겹게 입을 움직여서 겨우 소리를 냈다.

"가… 방… 약… 물…"

노빈손은 할머니 옆에 떨어져 있는 가방에서 신속하게 약을 꺼냈다. 그런데 물이 없었다.

"할머니, 잠깐만 기다리세요."

부리나케 근처 편의점에 가서 물을 사 온 노빈손이 할머니에게 물을 먹여서 약을 삼킬 수 있게 도왔다.

5분 정도 지나자 할머니의 안색이 좋아지기 시작했다.

"사실 내가 심장이 좀 안 좋아서 가끔 이래. 발작 일어났을 때 제때 약을 안 먹으면 위험한데. 총각 아니었으면 큰일 날 뻔했어. 정말 고마워, 총각."

"아니에요, 별말씀을요."

"너무 고마워서 총각에게 답례를 하고 싶은데 가난한 늙은이라 이것밖에 가진 게 없네. 고마움의 표시라 생각하고 받아 줘."

할머니는 노빈손에게 사탕 3알을 건넸다.

"별건 아니지만 힘들고 괴로운 일 있을 때 먹으면 도움이 될 거야. 사탕은 한꺼번에 다 먹지 말고 하나씩 먹어. 괜히 욕심 부리지 말고. 부작용이 있을 수도 있으니 조심하고."

노빈손은 할머니의 마음이라 생각하고 사탕을 받았다.

"사탕 감사히 잘 먹겠습니다. 건강 잘 챙기세요, 할머니."

노빈손은 할머니에게 인사를 한 뒤 버스를 타기 위해 계단으로 올라갔다. 노빈손이 멀어져 가자 할머니는 슬며시 미소를 짓더니, 인파 속으로 사라졌다.

노*빈손에게 두어진 과제

"변호사님, 제가 통과해야 할 시험이 뭔가요?"

"서준이라는 이름을 가진 이 아이의 억울함을 법적인 수단을 통해 해결해 주는 일입니다."

송미연 변호사가 노빈손에게 내민 사진에는 팔에 깁스를 한 10살가량의 남자아이가 있었다.

2020년 8월 12일, 서준이는 친구들과 아파트 근처의 놀이터에서 놀고 있었다. 평소 미끄럼틀을 즐겨 타던 서준이는 그날도 미끄럼틀 주위를 떠날 줄 몰랐다. 서준이는 미끄럼틀 꼭대기의 난간에 기대어 서서 차례를 기다리고 있었는데, 기대고 있던 플라스틱 난간이 조금씩 움직이더니 모서리 부분이 떨어지고 말았다. 그리고 난간과 함께 서준이도 바닥으로 떨어져서 팔이 부러지는 부상을 입은 것이다.

"이 사건의 핵심은 '놀이터에 미끄럼틀을 설치한 서울시가 서준이의 사고에 대해서 책임을 지는가'입니더."

"안전하지 못한 미끄럼틀을 설치한 서울시 때문에 서준이가 다쳤으니 당연히 책임을 져야 하는 거 아닌가요?"

"빈손 씨 말이 맞기는 한데 그리 단순하지 않아예. 어떤 사람이 다른 사람에게 피해를 끼쳤는데 가해자가 피해자에게 손해배상을 하지 않으면 피해자는 우찌 해야겠십니꺼?"

노빈손이 가만히 있자 송미연 변호사가 스스로 답했다.

"소송을 해야지예. 피해자가 가해자에게 손해배상을 해 달라고 정식으로 법원에 청구하는 걸 소송이라 카는데, 소송에서 이길라 카모 주장을 뒷받침해 주는 증거가 있어야 합니더. 전 이따 오후에 이유석 씨를 만나고 올 테니, 빈손 씨는 서준이 사건 현장에 가서 증거가 될 만한 것들이 있는지 한번 살펴보고 오이소!"

"오후에 유석이 만나러 갈 때 저도 같이 가면 안 될까요?"

"저는 변호인으로서 이유석 씨를 만나러 가는 것인데, 빈손 씨는 변호인이 아니니 그건 힘들 거 같은데에."

"그럼 저도 변호인 할래요."

"안타깝지만 변호인은 아무나 할 수 있는 게 아입니더. 변호사만 할 수 있어예."

송미연 변호사는 왼쪽 재킷에 달려 있는 조그마한 변호사 배지를 가리켰다. 오각형의 변호사 배지 안에는 저울 모양의 그림이 그

어떤 사람을 변호하려면 그 사람에 대해서 잘 알아야 하고 그 사람의 이야기도 많이 들어 봐야 합니다. 그런데 그 사람이 구치소에 갇혀 있다면 어떻게 할까요? 그럴 때는 변호인이 구치소를 찾아가서 그 사람과 대화를 나누게 되는데, 이 과정을 '변호인 접견'이라고 불러요.

려져 있었다. 저울은 공평함의 상징이었다.

노빈손은 다소 실망스러웠지만 어쩔 수 없다고 생각했다. 지금 자신에게 중요한 것은 송미연 변호사가 내 준 과제를 잘 해결해서 유석이를 도울 수 있는 기회를 얻는 일이었다.

서준이가 놀다가 다쳤다는 놀이터에 도착한 노빈손은 미끄럼틀을 쉽게 발견했다. 그런데 노빈손이 생각했던 모습과는 전혀 딴판이었다.

'어라? 미끄럼틀 상태가 왜 이렇게 멀쩡하지?'

노빈손은 미끄럼틀의 난간이 떨어져 나간 상태로 있을 거라고 예상했고, 망가져 있는 모습을 사진으로 찍어 그걸로 증거를 삼으면 되겠다고 쉽게 생각했었다. 허나 미끄럼틀은 아무런 일도 없었던 것처럼 깨끗한 상태였다. 야심차게 시작했는데 첫 단추부터 잘못 끼워지고 있다는 생각이 들었다.

 이유석을 만나다

"경로를 이탈하였습니다. 경로를 재탐색합니다."

내비게이션의 여성은 또렷한 목소리로 경고를 날렸다. 벌써 세 번째 경로 이탈이었다.

'도대체 어디로 들어가는 기고?'

몇 번 와 보기는 했지만 길치 중의 길치인 송미연 변호사에게는 길이 다 비슷해 보였다. 설상가상으로 내비게이션을 보는 것에도 익숙하지 않았다.

"억수로 미안한데예, 남부 구치소로 갈라모 어디로 가야 됩니꺼?"

결국 지나가는 사람에게 묻기를 반복하여 겨우 도착했다. 예정보다 30분가량 늦은 시각이었다.

이유석은 크고 맑은 눈을 가지고 있었다. 얼굴도 둥그런 편이라 인상이 강해 보이기보다는 부드러워 보였다. 면도를 제대로 하지 못해 수염이 드문드문 나 있기는 했지만, 전체적으로 앳된 얼굴이었다.

"변호사님, 저는 절대 사람을 해치지 않았어요. 너무 억울합니다. 하늘에 맹세코 절대 그러지 않았습니다."

"진정하이소, 이유석 씨. 지는 이유석 씨의 말을 믿십니다. 범인이 아니라 카니까 앞으로 재판을 통해서 이유석 씨의 억울함이 벗겨질 수 있도록 최선을 다하겠십니다."

"고맙습니다, 변호사님. 그런데 저는 언제쯤 바깥으로 나갈 수 있을까요? 갇혀 있으려니 답답해서 미칠 것 같습니다."

"답답한 마음은 이해가 되지만 시간이 좀 걸릴 거라예."

피의자를 만나는 걸 어려운 말로 접견이라고 해요. 변호인 접견과 일반인 접견은 여러 차이가 있는데, 제일 큰 차이는 변호인 접견에는 시간 제한이 없다는 것이죠. 변호를 받는 사람의 이야기를 충분하게 잘 들어 봐야 하니까요.

"밖에 나가서 자유로운 몸으로 재판을 받으면 안 될까요?"

"그건 힘들 것 같아예. 판결이 확정되기 전까지는 죄가 없는 걸로 본다는 '무죄추정의 원칙'이라는 게 있어예. 하지만 아직 죄가 명백히 밝혀지지 않았더라도 범인일 가능성이 높을 때에는 미리 가두어 두기도 하지예. 그걸 '구속'이라 카는데, 지금 이유석 씨는 구속된 상태입니더."

"그럼 재판이 끝나야 나갈 수 있겠네요."

이유석은 침울해졌다. 잠시 생각을 하던 이유석은 어쩔 수 없다는 듯 질문을 던졌다.

"앞으로 재판이 어떻게 진행되는지 알려 주시겠습니까?"

"이유석 씨처럼 어떤 사람이 범죄를 저질렀는지 그렇지 않은지를 가리는 재판이 형사소송인데, 형사소송은 검찰이 공소를 제기하는 것에서 시작합니더. 검찰이 보기에 범죄를 저지른 것으로 의심이 되는 사람에 대해서 재판을 해 달라고 법원에 요청하는 걸 공소제기, 줄여서 '기소'라고 부르지예. 참고로 기소는 오직 검찰만 할 수 있십니더."

"검찰은 역시 막강한 힘이 있네요. 저도 곧 기소가 되겠군요."

"아마도 그럴 깁니더."

"검찰이 기소를 한 다음에는 어떻게 되나요?"

"검찰은 기소할 때 법원에 '공소장'이라는 걸 제출하는데, 그 공

피고인이 법원에서 조사를 받거나 재판을 받을 때, 구치소나 교도소에 갇혀서 받을 경우는 구속이라 하고, 갇히지 않고 자유로운 상태에서 받을 경우 불구속이라 해요. 굳이 피고인을 구속해서 조사나 재판을 받게 하는 경우는 보통 피고인이 일정한 주거가 없을 때, 증거를 없애버리거나 도망할 염려가 있을 때입니다.

소장에는 이유석 씨가 언제, 어디서, 어떠어떠한 범죄를 저질렀다는 내용의 검찰 주장이 적혀 있십니다. 그리고 공소장 이외에도 검찰은 각종 증거 자료를 가지고 있어예. 이유석 씨의 변호를 맡은 저는 검찰의 공소장과 증거 자료를 본 다음에 검찰의 주장을 반박하는 일을 할 깁니더."

"변호사님이 계시니, 저는 해야 할 게 없나요?"

"법률적인 것은 제가 주로 처리할 긴데, 어떤 일이 있었는지에 대해서는 이유석 씨가 자세하게 알려 줘야 됩니더. 그리고 한 가지 결정해야 할 게 있어예."

"그게 뭔가요?"

"국민참여재판이라는 제도 들어 봤십니꺼?"

이유석은 고개를 가로저었다.

"예전에는 오직 판사만 형사소송에서 범인이 누군지를 판단했어예. 판사는 공부도 많이 하고 법률에 대해서 잘 아는 전문가이지만, 판사도 사람이라서 실수를 할 수 있거든에. 그래서 보통의 국민들도 재판에 참여해서 자신의 의견을 제시할 수 있는 제도가 생겼는데, 그게 바로 국민참여재판제도입니더. 이때 재판에 참여하는 국민들을 '배심원'이라 카고예."

"그게 더 좋은 건가요?"

"국민참여재판과 일반 재판 중에 어떤 것이 더 피고인에게 유리

몇몇 재판을 제외하면 재판은 공개적으로 진행해야 합니다. 그러니 재판이 실제로 어떻게 이루어지는지를 알고 싶으면 가까운 법원으로 찾아가면 된답니다.

하다고 잘라서 말할 수는 없습니다. 재판을 받는 사람이 자신의 희망에 따라 선택하는 것이지예. 하지만 지금 여론도 안 좋고 국민참여재판은 완전 공개 재판이라 조금 부담스러울 수는 있을 거 같아예."

"그럼 그냥 일반 재판으로 하겠습니다."

"네, 그럼 오늘 접견은 이 정도로 하고 다시 찾아올 테니 그때 자세한 이야기를 나눠 보입시더."

증거를 찾아라

"현장에 나가서 증거 확보 좀 했어예?"

사무실로 돌아온 송미연 변호사가 골똘히 생각에 빠져 있는 노빈손에게 물었다.

"그게… 생각보다 쉽지 않더라고요. 분명히 미끄럼틀이 망가져 있을 거라 생각했는데 마치 사고가 전혀 안 났던 것처럼 깨끗한 상태로 있었어요."

"그게 이 사건 해결의 걸림돌입니다. 아마도 서준이 부모님이 서울시를 상대로 소송을 제기하기 전에 서울시가 미끄럼틀을 미리 고쳐 놓은 것 같아예."

"그럼 어떻게 하죠? 미끄럼틀에서 다쳤다고 하는 서준이의 진술만으론 소송에서 이길 수 없나요?"

"서준이의 진술만으로는 부족합니다. 증거가 있어야 하지예."

"증거를 못 찾으면 어떻게 되나요?"

"아마도 서준이는 재판에서 지겠지예. 그리고 빈손 씨는 이유석 씨의 재판에 관여할 수 없게 될 것이고예."

송미연 변호사는 원칙과 약속을 엄격하게 지키는 사람이었다. 노빈손은 빨리 증거를 찾아야겠다고 생각했다.

그 시각, 한국대학병원의 특실은 매우 침울한 분위기에 빠져 있었다. 이따이의 치료를 담당하고 있는 의사는 큰 잘못이라도 저지른 사람처럼 서 있었다.

"결국 식물인간 상태에 빠지고 말았습니다."

"다른 방법이 없겠습니까?"

에나로 총리는 최대한 감정을 억눌렀다.

"저희도 최선을 다해서 방법을 찾고 있기는 하지만, 쉽지 않을 것 같습니다. 죄송합니다."

의사는 희망적인 이야기를 해 주고 싶었지만 그럴 수 있는 상황이 아니었다. 에나로 총리는 이를 악물었다. 마음 같아서는 의사의 멱살을 잡고 '수단과 방법을 가리지 말고 어떻게 해서든 내 딸을

법원행정처가 발간한 「2015년 사법연감」에 따르면, 요즘 가장 많이 일어나는 형사사건의 순위는 다음과 같습니다. 1위 : 사기와 공갈, 2위 : 교통사고, 3위 : 상해와 폭행.

살려 내라고 소리치고 싶었다. 하지만 에나로 총리는 이따이의 아버지인 동시에 한 나라를 대표하는 정치인이었으므로, 행동에 제약이 많았다.

자신이 난리를 쳐서 딸이 깨어날 수 있다면 체면이 깎이는 것쯤은 충분히 감수할 수 있었다. 하지만 그런다고 달라질 것은 없었다. 절망감에 사로잡힌 에나로 총리의 고개가 푹 꺾였다.

그리고 며칠 뒤, 이따이의 소식을 전하는 뉴스가 보도되었다.

에나로 총리의 딸, 결국 사망…
조주민 대통령 깊은 애도 표시.

이따이에 대한 뉴스가 전해지자 일본은 그야말로 난리가 났다. 한국에 대한 일본 국민들의 반감은 극에 달했고, 한국 제품 불매운동을 벌이는 사람들도 생겨났다. 한국과 한국인을 비하하는 글도 인터넷에 다수 게시되었다. 이따이를 살해한 것은 일본에 대한 명백한 공격이니 일본도 가만히 있지 말고 한국에 복수를 해야 한다는 과격한 주장을 하는 사람도 있었다.

그러자 한국에서도 맞대응하는 차원에서 일본과 일본인을 비판하기 시작했다. 두 나라 사이의 관계는 일촉즉발의 위기상황으로 치달았다. 마치 두 개의 폭탄이 연결된 것처럼 불안했고, 어느 한

쪽에라도 불씨가 떨어지면 큰 폭발이 날 것 같았다.

한편, 이런 상황을 맘껏 즐기고 있는 사람이 있었으니, 그는 바로 두꺼비를 닮은 남자, 단디 뽀사뿌라였다.

"그래 잘하고 있어. 내 예상이 정확하게 맞았어. 감히 한국 따위가 대일본제국과 맞먹으려 하다니. 일본이 30년 넘게 훌륭하게 통치해 준 덕분에 잘살게 되었으면 감사할 줄 알아야지. 은혜도 모르고 오히려 대일본제국에게 사과를 요구하질 않나, 다케시마가 자기네 땅이라고 우기지를 않나. 이번 기회에 한국은 정신 좀 차려야 해. 한국의 주장에 동조하는 일부 몰지각한 일본인들도 마찬가지이고. 하하하."

단디 뽀사뿌라는 책상 위에 놓인 욱일기를 바라봤다. 일본의 국기인 일장기의 붉은 태양 주위에 햇살이 퍼져나가는 모양을 덧붙인 욱일기는 일본이 태평양 전쟁을 일으켜 아시아 각국을 침공했을 때 사용했던 깃발로 일본 군국주의의 상징이었다.

단디 뽀사뿌라의 큰 웃음 소리가 방을 가득 채웠다.

첫 번째 재판 2

재판이 시작되다

2020년 9월 10일.

이유석의 첫 재판이 열리는 날, 담당 검사인 나강골은 법원에 가기 전에 거울을 보면서 옷매무새를 가다듬었다. 전체적으로 마른 체형에 날렵한 얼굴을 가진 나강골 검사는 바늘로 찔러도 피 한 방울 안 나올 것 같은 차가운 인상이었다.

"나 검사님, 이유석 사건의 담당이 되셨다고요?"

검찰청 복도에서 만난 박 검사가 말을 건넸다.

"네, 그렇습니다. 이유석도 참 안됐죠."

"그게 무슨 말인가요?"

"그렇잖아요, 박 검사같이 물렁한 사람을 만났으면 혹시 재판에서 이길 수도 있었을 텐데…. 나처럼 승률 100%를 자랑하는, 검찰 최고의 에이스를 만났으니 재판은 졌다고 봐도 무방하죠. 우하하하하."

"혹시 재판에서 지기라도 하면 어쩌려고 그러세요?"

"제가 재판에서 진다고요? 그게 말이 됩니까?"

'말이 됩니까'는 나강골 검사가 상대방에게 면박을 줄 때 주로 쓰는 표현이었다. 나강골 검사가 한껏 허세를 떨고 지나가자 박 검사는 얼굴을 찌푸렸다.

'하여튼 잘난 척 심한 것도 병이라니깐.'

이유석의 재판이 열리는 서울중앙지방법원 제430호 형사법정에는 긴장감이 감돌았다. 전대미문의 사건이다 보니 취재를 나온 기자들도 많았다.

법정을 오래 출입한 베테랑 김 기자와 이제 막 기자 생활을 시작한 유 기자는 목소리를 낮춰서 조용히 대화를 나눴다.

"김 기자님, 이번 재판 어떻게 될 것 같아요?"

"재판은 해 봐야 아는 거라는 말이 있지만, 기본적으로 형사소송은 피고인에게 불리해. 범인이라는 증거가 있어서 검찰이 재판을 청구하는 거니까. 더군다나 검찰 내에서도 실력 출중하기로 소문난 나강골 검사가 나섰으니 피고인이 이기기는 힘들다고 봐야겠지."

"아, 그렇구나. 그럼, 피고인 입장에서는 죄를 자백하고 용서를 구하는 게 그나마 조금이라도 형을 줄일 수 있는 방법이라고 할 수 있는 건가요?"

"그렇게 볼 수 있지. 괜히 무죄라고 주장했다가 그게 받아들여지지 않으면, 오히려 더 높은 형을 받을 수가 있거든."

"근데 이 사건 담당 판사는 누군가요?"

"살인사건처럼 중대한 범죄에 대한 재판은 판사가 한 명이 아니라 세 명인 건 알고 있지?"

"그 정도는 공부했어요. 한 명의 판사가 있으면 그 판사를 '단독 판사'라 하고, 판사가 세 명이면 그 세 사람을 합쳐서 '합의부'라고 하잖아요."

"유 기자, 공부 좀 했는데."

"판사가 누구인지에 따라 재판의 결과에 영향을 미치기도 한다는 이야기를 들었는데, 사실인가요?"

"기본적으로 판사들은 법에 따라 판단을 하는 사람이기는 하지만, 아무래도 판사도 사람이다 보니 어느 정도의 차이는 있지. 어떤 판사는 검찰에 엄격해서 범죄의 확실한 증거를 요구하기도 하고, 어떤 판사는 피고인에게 엄격해서 형벌을 무겁게 내리기도 하지."

"이번 사건의 판사는 어떤 쪽인가요?"

김 기자가 막 대답을 하려는데, 법정 뒤쪽에 있는 판사 전용 출

판사가 판결을 내릴 때, 피고인이 제대로 반성을 하지 않을 뿐 아니라 또다시 비슷한 범죄를 저지를 확률이 높다고 판단되면 처벌을 더 강하게 주는 경우가 있는데, 이걸 흔히 괘씸죄라고 해요.

입문이 열렸다. 세 명의 판사가 법정에 입장하자, 두 사람은 대화를 멈추고 자리에서 기립했다.

세 명의 판사 중 가운데에 앉아 있는 사람이 재판의 진행을 맡고 있는 재판장이었다. 한눈에도 매우 깐깐해 보였다.

"피고인도 참 운이 없군."

김 기자가 혼잣말을 했다.

"왜요, 선배님?"

"저 판사는 피고인에게 엄격하기로 유명한 사람이야. 웬만하면 유죄로 판단하고 형벌도 세게 선고해서, 별명이 '법정의 저승사자'라고."

"지금부터 오전 재판을 시작하겠습니다. 사건번호 2020고합 12345호, 피고인 이유석."

재판장이 이유석의 이름을 부르자 법정 오른쪽의 문이 열리더니 재소자복을 입은 이유석이 교도관과 함께 법정으로 들어왔다.

"피고인의 권리를 알려 드리겠습니다. 피고인은 본인에게 불리한 진술을 하지 않을 수 있습니다. 그리고 법정에서 한 진술은 유죄의 증거로 사용될 수 있습니다."

재판장이 이유석을 똑바로 쳐다보며 딱딱하게 말했다.

"네, 알겠습니다."

재판장은 이유석의 대답을 확인한 후, 나강골 검사에게 시선을

피고인이 구치소에 있을 때는 재소자복(수의)을 입습니다. 하지만 재판을 받을 때는 평상시 입는 사복을 입을 수 있어요. 왜냐하면 재소자복을 입고 재판을 받으면 정말 죄인처럼 보이기 때문이죠. 그러나 괜히 유난스럽게 보일까 봐 구치소에서 입었던 재소자복을 그대로 입고 재판을 받는 경우가 대부분이에요.

돌렸다.

"검찰은 공소사실의 요지를 말씀해 주십시오."

"피고인 이유석은 2020년 8월 14일 서울시 중구 소공동에 있는 고신 호텔 방 안에서 피해자 에나로 이따이의 물건을 훔치려다 들키자 피해자의 목을 졸라 살해하였습니다."

살해라는 말이 나오자 방청석이 웅성거렸다.

"변호인은 공소사실에 대해서 어떤 의견인가요? 검찰이 주장하는 범죄에 대해서 인정하시나요?"

송미연 변호사가 일어서더니 결연한 목소리로 말했다.

"재판장님, 피고인은 살인을 저지르지 않았습니다. 피고인은 무죄를 주장합니다."

무죄라는 말이 나오자, 방청석에선 또 한 차례 술렁임이 일었다. 김 기자는 의외라는 듯 고개를 갸웃거렸다.

첫 번째 재판은 비교적 빨리 끝났다. 국민참여재판으로 진행되는 형사소송은 하루 종일 재판을 진행해서 하루나 이틀 정도면 재판이 모두 끝나지만 일반 재판은 한 번에 끝나는 것이 아니라 여러 차례에 나눠서 조금씩 진행되기 때문이다.

"휴~."

노빈손은 땅이 꺼져라 한숨을 쉬었다. 아직 재판이 끝난 것도

재판 중에 혹은 휴정 시간에 검사와 변호사가 따로 둘이서만 얘기하는 일은 거의 없습니다. 물론 공개된 법정에서 서로의 주장을 말로 하는 일은 많이 있습니다.

80

아닌데 대부분의 사람들은 이유석이 범인이라고 생각하며 손가락질했고, 이유석은 다시 구치소에 갔혔다. 그런데도 친구인 자신은 아무런 도움이 되지 못하고 있었다. 본격적으로 유석이를 도우려면 빨리 서준이 사건을 해결해야 하는데, 아무리 찾아봐도 증거가 나오지 않았다.

'서울시가 미끄럼틀을 고쳐 놓기 전으로 돌아갈 수 있다면 좋을 텐데.'

답답한 마음에 공상을 해 봤지만 이루어질 리 없었다.

현장에 가기 위해 버스 정류장으로 향하던 노빈손은 가방에서 휴대전화를 꺼내려고 뒤적이다 손에 뭔가 잡히는 걸 느꼈다.

'이게 뭐지?' 꺼내 보니 며칠 전에 지하철역에서 만난 할머니가 주신 사탕이었다.

"그래, 머리 썼더니 당 떨어지네. 달달한 걸 먹으면 힘이 좀 나겠지?"

노빈손은 사탕 하나를 까서 입에 넣었다. 겉 포장지에 모래시계가 그려진 사탕이었다. 그러자 이상한 일이 일어났다. 몸이 부르르 떨리더니 마치 잠깐 자다가 깬 것 같은 느낌이 들었다. 멍한 표정의 노빈손은 휴대전화로 뉴스를 검색하다가 이상하다는 생각이 들었다.

[속보] 에나로 총리의 딸 피습!

'응? 이게 왜 지금 속보로 나오는 거지?'

이따이가 공격을 당한 것은 벌써 한 달 정도 지난 일이었다. 이따이의 살해 혐의로 이유석이 재판을 받고 있는 중이었으니, 이따이의 피습 사실은 더 이상 '속보'가 아니라 '흘러간 과거의 뉴스'였다.

휴대전화에 적힌 날짜를 보고 나서야 노빈손은 그 기사가 왜 속보인지를 알았다. 날짜가 8월 14일이었던 것이다. 혹시 꿈인가 싶어 손바닥으로 얼굴을 몇 번 쳐 보았지만 꿈이 아니었다.

"혹시 오늘이 며칠인가요?"

"8월 14일이요."

길을 지나가던 사람은 별 이상한 사람 다 보겠다는 듯한 표정으로 대답했다.

'뭐야? 내가 과거로 시간여행을 한 거야?'

노빈손은 이 상황이 잘 납득이 안 되었지만 이렇게 지체하고 있을 때가 아니었다. 머릿속에 좋은 생각이 떠올랐기 때문이다. 서준이가 다친 게 8월 12일이니, 8월 14일이라면 아직 서울시에서 증거를 없애지 않았을 수도 있겠다는 생각이 든 것이다. 노빈손은 부리나케 서준이가 다친 놀이터로 향했다.

다행히 미끄럼틀은 난간이 망가진 상태로 방치되어 있었다. 노빈손은 신속하게 휴대전화 카메라로 사진을 찍었다.

사진을 다 찍고 나니 입 안의 사탕이 모두 녹아 없어졌다. 그러자 몸이 부르르 떨리는가 싶더니 잠에서 깬 듯한 느낌이 다시 들었다. 휴대전화 액정엔 9월 10일이 쓰여 있었다.

문을 떼라고요?

"변호사님, 변호사님!"

노빈손은 노크도 없이 송미연 변호사의 방문을 벌컥 열었다. 책상에 엎드려 자고 있던 송미연 변호사는 깜짝 놀라서 벌떡 일어났다. 얼굴에는 종이가 들러붙어 있었다.

"아이고야, 간 떨어지는 줄 알았네. 무슨 급한 일이라도 있어예?"

"찾았어요."

"뭘 찾았는데 그리 호들갑을 떨고 그랍니꺼?"

"변호사님, 그 전에 얼굴에 붙어 있는 것 좀 떼고 말씀하시죠."

그제야 거울을 본 송미연 변호사는 겸연쩍어하며 종이를 떼어냈다.

"서준이 사건의 증거를 찾았어요."

노빈손은 재빨리 휴대전화로 찍은 사진을 보여 주었다. 사진 속의 미끄럼틀은 난간이 부서진 상태였다.

"이거 언제 찍은 사진입니꺼?"

노빈손은 사진 위쪽 숫자를 가리켰다. 2020년 8월 14일.

"이 날 찍은 사진을 빈손 씨가 우찌 가지고 있어예?"

송미연 변호사는 놀라서 물었다.

"제가 외모만 출중한 게 아니라 능력도 출중하지요. 하하하하."

 가족끼리 고소를 하는 경우가 있는데요. 부모, 할아버지, 할머니에 대해서는 원칙적으로 고소를 할 수 없습니다. 예외로 성폭력범죄에 대해서는 고소가 가능합니다. 그 외의 가족들에 대해서는 다른 범죄로도 고소를 할 수 있습니다.

노빈손은 어깨를 으쓱였다. 그러자 송미연 변호사가 엄지와 검지로 노빈손의 양쪽 볼을 꼬집었다.

"요거는 초특급 칭찬입니더. 우찌 했는지는 잘 몰라도 우쨌든 능력 있네예. 이 정도의 증거면 서준이 사건은 이길 수 있을 것 같십니더."

"변호사님, 근데 한 가지 궁금한 게 있는데요. 제가 찍은 사진이 증거가 되는 데에 아무런 문제가 없나요?"

"와 그리 생각하는데예?"

"법원의 입장에서는 이 사진을 누가 찍었는지 모를 텐데, 증거가 될 수 있나 해서요."

"아이고마… 증거가 될 수 있는지에 대해서도 고민을 하고. 빈손 씨가 변호사 사무소에서 일하더니 법률 전문가 다 되어 가네예. 증거가 될 수 있는 자격을 '증거능력'이라 카는데, 증거능력이 없으면 아무리 유용한 증거라 캐도 사용할 수가 없십니더. 예를 들면 불법적인 방법으로 얻은 증거가 대표적이라고 할 수 있지예. 빈손 씨는 이 사진을 불법적인 방법으로 얻었십니꺼?"

"그럴 리가요."

"그라모 괜찮십니더. 누가 찍었는지 몰라도 증거가 되는 데에는 크게 지장이 없어예. 불법적인 증거라 카더라도 민사소송에서의 증거냐, 형사소송에서의 증거냐, 혹은 불법적인 방법을 사용한 정도

가 얼마나 심하냐에 따라 증거가 되고 안 되고가 결정되는데 기본
적으로 합법적인 방법으로 얻은 자료는 증거로 쓰일 수 있는 깁니
더."

노빈손은 한편으로 증거로 쓰이지 못할까 봐 걱정을 했었는데,
송미연 변호사가 확실하게 말해 주자 안심이 되었다.

"그럼 약속하신 대로 유석이 사건을 도울 수 있는 거죠?"

"하모요. 내가 명색이 변호사인데 약속은 지켜야 하지 안 되겠
십니꺼? 오늘 재판부터 함께 가입시더. 그라고 법원 가기 전에 이
것 좀 문때 주이소."

송미연 변호사가 유리로 된 출입문을 가리키며 말했다.

"네? 변호사님? 문 떼라고요? 정말로요?"

"네. 매매 문때 주이소."

그 말을 하고 화장실에 잠시 다녀 온 송미연 변호사는 깜짝 놀
랐다. 노빈손이 낑낑대며 유리문을 떼어 내려 하고 있었기 때문이
다.

"빈손 씨, 지금 뭐 하고 있는데예? 문을 와 뿌수고 있십니꺼? 무
슨 불만이라도 있십니꺼?"

"변호사님이 문을 떼어 내라고 하셨잖아요."

"제가 언제 그랬는데예?"

"아까, 그러셨잖아용!"

아끼는 애완동물이 엄청난 사고를 냈을 때 애완동물을 고소할 수 있을까요?
애완동물은 '사람'이 아니기 때문에 고소를 할 수 없습니다. 대신, 애완동물을
잘 관리하지 못했다는 이유로 주인이 대신 고소를 당할 수는 있습니다.

그제서야 상황이 파악된 송미연 변호사는 웃음을 터트렸다.

"문때다는 문을 떼어 내라는 게 아니고, 문지르라는 말입니다. 매매 문때다, 유리문에 얼룩이 묻었으니 걸레 같은 걸로 확실하게 문지르라는 말이었어예."

"아, 그래요? 하하! 하마터면 사무실 문을 없애버릴 뻔했네요."

"문은 이제 그만 놔두고, 슬슬 법원으로 가 볼까예?"

 ## 이따이의 목걸이

법원 건물 안으로 들어와서 한참을 걸었지만 법정은 나오지 않았다. 종종걸음으로 송미연 변호사 뒤를 따라가고 있던 노빈손의 눈에 들어온 것은 복도에 걸린 사진이었다. 노란 국화꽃이 아름답게 피어 있는 풍경을 찍은 사진. 분명 5분 전에 봤던 기억이 났다.

"변호사님, 저희 계속 같은 곳을 헤매고 있는 것 같은데요."

참다못한 노빈손이 말했다.

"아, 그게 요 법원 길이 좀 복잡해 갖고…. 하지만 곧 찾을 수 있으니, 쪼매만 기다려 보이소."

송미연 변호사는 땀을 삐질삐질 흘렸다.

"영화를 보면 사무장이라는 사람이 법원에 데려다주고 그러던데 변호사님은 왜 혼자 다니세요?"

"사무실 관리와 행정 업무 처리 같은 일을 도와주는 사람을 보통 사무장이라 카는데, 빈손 씨도 알다시피 우리 사무실에는 사무장이 없다 아입니꺼. 그리고 사무장이 있다 카더라도 특별한 경우가 아이모 법원에 같이 가지는 않고 법원에는 변호사 혼자 가는 게 보통입니더."

바쁜 와중에도 송미연 변호사는 설명을 빠트리지 않았다.

길치인 송미연 변호사 때문에 헤매긴 했지만 다행히 재판 시작 전에 법정을 찾을 수 있었다.

재판이 시작되자 재판장이 검사에게 물었다.

"검찰은 어떤 증거가 있나요?"

"재판장님, 이 사건을 직접 수사한 경찰 노용문 팀장을 증인으로 신청합니다."

나강골 검사가 눈짓을 하자, 미리 대기하고 있던 노 팀장은 방청석에서 일어나 판사석이 있는 앞쪽으로 나왔다.

"증인은 증인 선서를 하세요."

노 팀장은 오른팔을 들고 선서를 했다.

"선서! 양심에 따라 숨김과 보탬이 없이 사실 그대로 말하고 만일 거짓말이 있으면 위증의 벌을 받기로 맹세합니다."

"증인은 자리에 앉으시고, 증인 신청을 한 검사가 먼저 질문을

흔히 증거라고 하면 눈에 보이는 물건만 생각하기 쉬운데, 목격자의 말도 증거가 될 수 있어요.

하세요."

"존경하는 재판장님, 그리고 증인! 이 목걸이를 보아 주십시오."

나강골 검사는 손에 투명한 비닐봉투를 들고 있었다. 그 안에는 별 모양의 장식이 달린 목걸이가 들어 있었다. 나강골 검사는 비닐봉투에서 목걸이를 꺼내 법정 가운데 설치된 실물화상기라는 기계로 다가갔다. 실물화상기는 작은 물건을 크게 확대시켜서 보여 주는 장비였다. 나강골 검사가 실물화상기에 목걸이를 갖다 대자 법정에 설치된 스크린에 목걸이가 크게 확대되어서 보였다.

"증인은 이 목걸이를 알고 있습니까?"

나강골 검사가 건조한 목소리로 물었다.

"네, 알고 있습니다."

"이 목걸이의 주인은 누구인가요?"

"피해자 에나로 이따이 씨입니다."

노 팀장의 말이 끝나자마자 송미연 변호사가 일어섰다.

"이의 있습니다. 증인은 이 목걸이의 주인이 피해자인지 아닌지 알 수 없습니다."

평소와는 달리 송미연 변호사는 법정에 서면 완벽한 서울말을 구사했다. 나강골 검사는 예상했던 질문이라 그런지 씩 웃었다.

"그렇지 않아도 제 다음 질문이 그거였습니다. 증인은 무슨 근거로 이 목걸이가 피해자의 물건이라고 생각했나요?"

노 팀장이 사진 한 장을 제시했다.

"이 사진은 피해자가 사용하던 소셜네트워크 서비스(SNS)인 '보이소북'에 올라온 것입니다. 사건이 발생하기 하루 전에 올라온 사진인데 이 사진을 보면 피해자가 한 목걸이가 바로 이 목걸이라는 걸 알 수 있습니다."

사진 속에는 별 모양의 목걸이를 한 이따이가 밝게 웃고 있었다.

"사건 당일 이 목걸이를 하고 있던 피해자는 누군가에 의해서 살해를 당했고, 피해자의 목걸이는 사라졌습니다. 그렇다면 피해자의 목걸이를 가져 간 사람이 범인이라고 말할 수 있겠네요?"

나강골 검사는 확신에 차 물었다.

"네, 그렇습니다."

"증인은 이 목걸이를 어디에서 발견하였나요?"

노 팀장은 잠깐 뜸을 들이더니 이유석을 슬쩍 쳐다봤다.

"피고인 이유석의 집 책상 서랍에서 발견하였습니다."

방청석에 앉아 있던 사람들의 시선이 이유석에게로 쏠렸다. "저놈이 범인이 맞네" "으이구, 나쁜 놈!" 같은 비난의 소리가 들렸다.

"피고인은 피해자를 살해하지 않았다고 주장하는데, 피고인의 집에서 버젓이 피해자의 물건, 그것도 피해자가 항상 몸에 착용하고 다니는 목걸이가 나왔습니다. 그런데도 범인이 아니라는 피고인

우리가 거짓말을 한다고 해서 꼭 처벌을 받지는 않지만, 법정에 증인으로 출석해서 증인 선서를 한 뒤에 거짓말을 하면 위증죄로 처벌을 받을 수도 있어요.

의 주장이 말이 됩니까?"

"말이 안 된다고 생각합니다."

"이상입니다."

나강골 검사는 자신만만한 표정으로 자리에 앉더니 거만하게 다리를 꼬았다.

 이유석의 방

"이게 어떻게 된 일입니꺼?"

재판 다음 날, 구치소로 이유석을 찾아간 송미연 변호사가 물었다. 이유석은 답답한 표정을 지었다.

"저도 잘 모르겠어요. 그게 왜 저의 집 책상에서 발견이 되었는지…."

"혹시…."

송미연 변호사는 질문하기를 망설였다.

"망설이지 말고, 편하게 말씀하셔도 됩니다."

"혹시 이유석 씨가 이따이 씨의 방에서 목걸이를 갖고 온 거는 아입니꺼?"

"지금 제가 범인이라고 의심하시는 건가요?"

"그런 게 아니라, 이유석 씨가 이따이 씨를 해친 건 아니라 카더라도 방 청소를 하다가 떨어져 있는 걸 가져 올 수는 있겠다 싶어서예. 어쨌든 이따이 씨의 방을 자주 드나들었던 건 이유석 씨 아입니꺼?"

"제가 이따이 씨의 방을 담당한 건 맞지만, 전 결코 이따이 씨의 목걸이를 포함해서 어떤 물건도 가져오지 않았어요. 하늘에 맹세할 수 있습니다."

변호사는 사건을 통해서 돈을 버는 경우가 대부분입니다. 재판은 보통 6개월 ~1년간 진행이 되므로 생각만큼 돈을 많이 벌지 못할 수도 있어요. 하지만 재판 이외에도, 법률 자문을 해 주고 자문료를 받는답니다.

"알았십니더. 그라모 해결책을 한번 잘 찾아볼게예."

송미연 변호사가 이유석의 접견을 마치고 사무실로 돌아오자 노빈손이 물었다.

"유석이는 잘 있던가요?"

"어제 재판에서 불리한 증거가 나와서 그런지 걱정이 많아 보이 더라고예."

"저희에게 많이 불리한 증거인가요?"

"두말하모 잔소리지예. 이유석 씨가 범인이 아니라면 이따이 씨 의 목걸이가 이유석 씨의 방에서 발견될 까닭이 없다는 검찰의 주 장은 상당히 설득력이 있다 아입니꺼."

"그냥 방에 있는 걸 주워 온 걸 수도 있잖아요."

"내도 그리 생각해 갖고 물어봤는데, 이유석 씨 말로는 자기는 절대 이따이 씨의 물건에 손을 대지 않았다 카던데요. 어쨌든 이 증거를 잘 방어해야 할 낀데⋯. 억수로 걱정이네예. 내도 고민해 볼 테니까 빈손 씨도 해결책이 없을지 잘 생각해 보이소."

"네, 변호사님!"

노빈손은 집으로 돌아가기 전에 이유석의 방에 들러 보기로 했 다. 서준이의 사건을 해결할 때도 사건 현장에서 좋은 정보를 얻었 기 때문이다.

이유석의 방은 5층 높이 건물의 2층에 있는 원룸이었다. 노빈손은 출입문의 손잡이를 돌려서 당겨 보았다. 하지만 문은 굳게 잠겨 있었다.

'비밀번호가 뭐였더라?'

이유석의 생일을 눌러 보았지만, 문은 열리지 않았다.

한편 출입구 쪽에서 문이 덜컹거리는 소리가 나자 방 안에 있던 사람은 깜짝 놀랐다.

'이 시간에 누구지?'

그 사람의 얼굴에는 긴장감이 가득했다.

밖에서 한참을 궁리하던 노빈손은 양순동에게 전화를 걸었다.

"순동이 형, 저 빈손인데요. 유석이 방에 오신 적 있죠?"

"응, 자주 놀러가곤 했지. 왜?"

"혹시 유석이 방 비밀번호 아세요?"

"그게 뭐였더라? 유석이 생일이랑 휴대전화 뒷자리 번호 조합시킨 거였나?"

"아, 맞다. 그랬었지. 형 고마워요."

"유석이는 잘 지내? 요즘 걔 걱정하느라 밤에 잠을 잘 못 자."

"형, 너무 걱정 마세요. 천하의 노빈손이 유석이를 돕고 있으니 곧 무죄가 밝혀질 겁니다."

"그래, 네 말 들으니 맘이 좀 놓이네. 무슨 일 있으면 나에게도 바로 알려 줘."

변호사에게는 의뢰인이 고객이라고 할 수 있는데요. 너무 변호를 못하면 고객인 의뢰인에게 항의를 받기도 합니다. 반대로 너무 잘하면 상대방에게 항의를 받고 의뢰인에게는 감사를 받겠죠?

통화를 마친 노빈손은 이유석의 생일인 0617과, 전화번호 뒷자리인 9857을 차례로 눌렀다. 삐비빅 소리와 함께 문이 열렸다.

문이 열리기 직전, 방 안의 사람은 급하게 벽 쪽으로 몸을 숨겼다.

방은 어두웠다. 노빈손은 신발을 벗고 방 안쪽으로 들어갔다. 노빈손이 점점 다가오자, 어둠 속의 사람은 프라이팬을 잡고 있는 오른쪽 팔에 강한 힘을 주었다.

"불 켜는 데가 어디였더라?"

노빈손은 스위치를 찾으려고 휴대전화를 꺼냈다. 휴대전화의 액정 화면에서 불빛이 나오고 방 안이 밝아지자 노빈손은 눈앞에 의문의 사람이 서 있는 걸 발견했다.

"아아악!"

노빈손은 귀신이라도 본 것처럼 고함을 질렀다.

어둠 속의 사람은 들고 있던 프라이팬으로 노빈손의 머리를 내리쳤고, 노빈손은 그 자리에서 기절하고 말았다.

 그 사람의 정체

기절한 지 한참이 지났는데도 노빈손은 깨어나지 못했다. 어둠

속의 인물은 차가운 물을 노빈손의 얼굴에 뿌렸다.

"아, 차가워!"

드디어 정신이 돌아온 노빈손이 눈을 떴다. 앞에는 한 여성이 서 있었다. 몸을 움직이려고 해 보았지만 꽁꽁 묶여 있어 움직일 수가 없었다.

"누구세요?"

여성이 노빈손에게 물었다.

"그건 내가 할 소리예요. 누군데 갑자기 사람을 공격해서 기절을 시키고, 또 이렇게 몸을 묶어 놨어요?"

"남의 집에 함부로 들어오길래, 강도라고 생각해서 정당방위 차원에서 공격한 거죠."

"강도라니, 이렇게 잘생긴 강도 봤어요?"

여성은 어이가 없어 피식 웃었다.

"하긴 당신처럼 어설픈 사람이 강도일 리가 없지. 우리 오빠 집에는 무슨 일로 온 거예요?"

"우리 오빠 집? 그럼… 당신은 유석이의 쌍둥이 동생 유손이?"

"어머, 우리 오빠랑 내 이름을 어떻게 알아요?"

방 안에 있던 어둠 속의 인물은 이유석의 동생인 이유손이었던 것이다. 이란성 쌍둥이이긴 하지만 자세히 보면 닮은 구석이 있었다.

이유손은 읽을 책 몇 권을 구치소로 보내 달라는 이유석의 부탁을 받고 집에 와 있었다. 그런데 오빠도 없는 집에 누군가 들어오자 강도라고 생각하고, 겁이 난 나머지 노빈손을 공격했던 것이다.

오해가 풀린 이유손은 얼른 노빈손을 묶었던 끈을 풀었고, 동갑임을 확인하자 말도 놓았다.

"그런데 너는 왜 왔어?"

"내가 요즘 유석이의 누명을 벗기기 위해서 사방팔방 뛰어다니고 있거든. 지금 재판에서 검찰이 낸 증거 중에 피해자의 목걸이가 있는데 그 목걸이가 발견된 곳이 바로 여기야. 혹시 이곳에 오면 뭔가 도움이 될 게 있을까 싶어서 와 봤어."

"그런 줄도 모르고, 오해해서 미안해."

노빈손은 봉변을 당한 게 억울하긴 했지만 이유손이 진심으로 사과하자 용서하기로 했다.

"괜찮아, 일부러 그런 것도 아닌데."

그때 노빈손의 배에서 꼬르륵 소리가 났다.

"너 저녁 안 먹었어?"

"응, 급하게 오느라 못 챙겨 먹었어."

"잠깐만 있어 봐. 내가 뭐라도 간단하게 해 줄게."

"아냐, 괜찮아."

"우리 오빠를 위해서 열심히 애쓰고 있는 게 고마워서 그래. 그리고 내가 아까 오해한 것도 미안하고."

이유손은 부엌으로 가더니 냉장고에서 이것저것 재료를 꺼내 요리를 하기 시작했다. 30여 분 뒤, 이유손이 음식을 내왔다.

"야채볶음밥과 된장찌개야."

노빈손은 먼저 찌개를 한 숟가락 떠먹었다. 윽! 순간 신음 소리가 나왔지만 억지로 참았다. 된장찌개에 뭘 넣었는지 비린 맛이 확

피의자가 진짜 범인인 걸 변호사가 알게 된다면 어떻게 할까요? 쉽지 않은 문제인데요. 범인에게 죄를 자백하게 해서 조금이라도 낮은 처벌을 받을 수 있도록 조언을 할 거 같아요. 하지만 피의자가 계속 무죄 주장을 해 달라고 하면 피의자의 요구를 따라야 할 것 같네요.

느껴졌다. 간도 제대로 되지 않아 밍밍했다. 이렇게 엉망인 된장찌개는 난생처음이었다.

으윽! 볶음밥을 먹은 노빈손은 또 한 번 신음이 나오려는 걸 참았다. 어찌나 짠지, 이건 야채볶음밥이 아니라 소금볶음밥이었다. 거기다가 재료들이 군데군데 타 있었다.

"어때? 엄청 맛있지?"

이유손이 초롱초롱한 눈빛으로 노빈손을 바라봤다. 그 눈빛이 너무 해맑아 보여서 노빈손은 억지로 고개를 끄덕일 수밖에 없었다.

"그런데 넌 오빠를 위해서 구체적으로 어떤 일을 하는 거야?"

"유석이의 변호를 맡고 있는 송미연 변호사님을 도와주고 있어. 유석이에게 유리한 증거가 있는지 찾고. 어떻게 하면 소송에서 이길 수 있는지를 같이 고민하기도 하고."

"오빠를 위해서 중요한 일을 하고 있구나. 난 동생이 되어서 아무것도 못 하고 있는데."

이유손은 침울해졌다. 그러다가 뭔가 좋은 생각이 떠오른 듯 말했다.

"안 그래도 오빠를 위해서 뭘 해야 할지 몰라 고민만 하고 있었는데, 나도 네가 하는 일 같이 하면 안 될까?"

"이게 아무나 할 수 있는 게 아냐. 나도 엄격한 시험을 통과한 뒤에 겨우 할 수 있게 된 거라고."

이유손의 얼굴이 다시 어두워졌다. 눈가에 눈물이 고이기 시작하더니 이내 뚝뚝 떨어졌다.

"친구도 이렇게 애쓰는데 동생인 나는 아무것도 못 하고…. 난 정말 쓸모없는 사람인가 봐."

갑자기 이유손이 울면서 신세 한탄을 하자 노빈손은 당황스러웠다. 졸지에 여자를 울린 못난 남자가 되고 만 것이다.

"울지 마. 그럼 이렇게 하는 건 어떨까? 내가 송 변호사님과 함께 일을 하는 특수요원이라면 너는 몰래 일을 하는 비밀요원이 되는 거야."

"비밀요원? 그거 좋다. 우리 둘 다 요원이 되는 거네. 팀 이름도 떠올랐어."

"뭔데?"

"네 이름인 '빈손'과 내 이름인 '유손'을 합쳐서 쌍손특공대!"

쌍손특공대, 활동 개시

쌍손특공대의 대원인 노빈손과 이유손은 커피숍에서 첫 활동을 시작하기로 했다. 노빈손은 약속한 시간보다 1시간 정도 일찍 약속 장소에 도착해서 노트북으로 이따이에 대한 정보를 검색하고

인권변호사라는 말이 있는데요. 모든 변호사는 사회 정의를 수호하며 의뢰인의 인권 보호를 위하여 노력하는 인권변호사라고 할 수 있습니다. 하지만 특히나 사회적 약자들을 위해 공익 활동의 목적으로 무료로 변호를 하는 훌륭한 변호사들을 인권변호사라고 부른답니다.

있었다. 피해자에 대해서 잘 알아야 사건 해결의 실마리가 잡힐 것이라 생각했기 때문이다.

노빈손은 이따이에 대한 온갖 기사를 검색했지만 이따이가 피습을 당한 최근의 기사는 매우 많은 반면, 그 전에 이따이를 다룬 기사는 거의 없었다.

"일찍 왔네. 뭐 하고 있었어?"

"SNS로 이따이 씨에 관한 정보를 찾아보고 있었어."

"어떤 SNS? 전세계 사용자가 10억 명이 넘는다는 그 유명한 '보이소북' 말하는 거야?"

"응, 맞아."

"나도 같이 찾아볼까."

두 사람이 인터넷 공간을 한창 활보하고 있는데 이유손의 휴대 전화가 계속 울려 댔다.

"연락 오는 곳이 많나 봐?"

"내 블로그에 방문한 이웃들이 댓글 달 때마다 알려 주는 알림이야. 일하는 데 방해되니 알림 기능 꺼 놔야겠다."

"너 블로그도 해?"

"그럼. 오빠 사건 터진 뒤로는 블로그 관리를 못 하고 있지만, 나나름 파워블로거야. 내 블로그 이웃만 해도 10만 명이 넘어."

이유손은 자랑스럽게 블로그를 보여 줬다. 이유손의 블로그는 주로 맛집, 음식 만드는 방법을 소개하는 내용이 많았다. 요리를 지독하게 못하는 이유손이 음식과 관련된 블로그를 운영하고 있다는 것이 이상하긴 했지만 어쨌든 이웃 블로거가 10만 명이 넘는다는 이유손의 말은 사실이었다.

"근데 우리 이렇게 무작정 SNS를 뒤질 게 아니라 합리적인 추리를 먼저 해 봐야 하는 건 아닐까?"

노빈손도 이유손의 말에 동의했다.

"맞는 말이네. 책에서 보니 살인은 크게 두 가지 유형이 있대."

"뭔데?"

"원래는 죽일 생각이 없었는데 어떻게 하다 보니 해치게 된 우발적인 살인과 처음부터 죽일 생각을 가지고 사람을 해치는 원한에 의한 살인."

"혹시 이따이 씨에게 원한을 가질 만한 사람이 있었을까?"

"그걸 우리가 알 수는 없지."

"그러고 보니 우리가 이따이 씨에 대해서 아는 게 거의 없네. 이따이 씨의 친구라도 알면 가서 물어보기라도 할 텐데…"

이유손은 진심으로 안타까워하고 있었다.

"잠깐만. 너 지금 뭐라고 그랬어?"

노빈손의 머릿속에 뭔가가 떠오른 것 같았다.

"아무래도 그 사람에 대해서 제일 잘 알고 있는 사람은 친구이

아무리 범죄자를 많이 봤어도, 얼굴을 보고 범죄자를 알아보진 못해요. 영어 속담 중에 이런 게 있죠? '겉표지만으로 책을 판단하지 말라.' 외모만으로 사람을 판단하는 건 위험할 수 있습니다.

니, 친구에게 물어보면 이따이 씨에 대한 정보를 얻을 수 있을 것 같다고. 하지만 이따이 씨의 친구가 누군지 알지도 못하고 설령 안다고 해도 일본 사람일 테니 도움이 될 리 없지."

"아니지. 한국에 이따이 씨의 친구가 있을 수도 있잖아. 한국에 혼자 여행을 왔다면 충분히 친구가 있을 수 있지. 만약 한국에 이따이 씨를 아는 사람이 있다면 그 사람에게 이따이 씨에 대해서 물어볼 수 있지 않을까?"

"그런데 이따이 씨의 친구가 누군지 어떻게 알아?"

"그게 우리가 할 일이지."

두 사람은 열심히 이따이의 '보이소북'을 검색했다. 1시간쯤 말없이 보이소북을 뒤지던 노빈손이 외쳤다.

"빙고! 유손아, 이것 좀 봐!"

노빈손이 게시글 하나를 손으로 가리켰다. 한국행 비행기 티켓을 찍은 사진 아래에 일어로 쓴 이따이의 글이 있었고 그 밑에 댓글이 달려 있었다.

Welcome to Korea!

"웰컴 투 코리아? 한국에 오는 걸 환영한다는 뜻이잖아. 만약 한국에 있는 사람이 일본 사람이라면 이런 말을 쓰지는 않겠지?"

"오! 빈손아, 너 보기보다 똑똑한데?"

"이따이 씨가 한국에 오기 전에 올린 건가 봐. 이 댓글 누가 쓴 거지?"

朴眞實!

"내가 한자를 잘 몰라서…."

이유손이 갑자기 약한 모습을 보였다.

"후박나무 박(朴), 참 진(眞), 열매 실(實), 박진실! 딱 봐도 한국 사람 이름이네."

"그럼 그 사람을 만나서 직접 이따이 씨에 대해서 물어보면 되겠다."

"근데 박진실이라는 사람을 어떻게 찾지?"

"잠깐만 있어 봐."

이유손은 인터넷 사이트 이곳저곳을 돌아다니며 정보를 취합하고, 여기저기 전화를 걸더니 박진실의 집을 알아냈다.

"유손아, 너 정말 대단하다."

"파워블로거일 뿐만 아니라 정보 검색의 여왕인 나에게 이 정도야 쉬운 일이지. 그럼 이제 쌍손특공대 첫 출동을 해 볼까?"

박진실의 집은 12층이었다. 벨을 누르고 조금 기다리니 안쪽에서 젊은 여성의 목소리가 들렸다.

"누구세요?"

"안녕하세요? 저희는 박진실 씨의 친구 분이신 이따이 씨의 피습 사건에 관해서 몇 가지 여쭤 보려고 왔습니다."

"저는 할 얘기 없습니다."

젊은 여성의 단호한 태도에 당황했지만, 여기서 물러날 노빈손이 아니었다.

"진실 씨, 그러지 마시고 잠깐만 시간을 내 주세요~옹. 이것 때문에 저희가 1시간 넘게 버스를 타고 왔어요~옹."

노빈손은 능글능글한 미소를 지으며 최대한 애교를 부렸다. 잠깐 고민을 하는가 싶더니 박진실은 결국 문을 열었다.

"구체적으로 무슨 일로 저를 찾아오신 거죠?"

망설이던 노빈손은 찾아온 이유를 자세히 이야기했다. 그러자 박진실의 얼굴이 붉으락푸르락 달아올랐다.

"그러니까 지금 당신들은 내 친구를 살해한 그 나쁜 놈을 변호하고 있다는 거잖아요."

"그게 아니라…"

노빈손의 설명을 더 들으려 하지도 않고 박진실은 얼음처럼 차
갑고 싸늘하게 내뱉었다.

"내 집에서 나가요! 당장!"

"잠깐이면 됩니다. 잠깐만⋯."

"내 말 못 들었어요? 당신들과는 1분도 같이 있기 싫으니, 빨리
가세요."

어느 정도 반발이 있을 거라고 생각은 했지만 예상했던 것보다

훨씬 심했다. 집에서 쫓겨난 노빈손과 이유손은 망연자실한 채 문 밖에서 서성였다.

피해자에 대한 정보를 얻으려면 피해자 지인의 도움이 반드시 필요했다. 그런데 도움을 줄 수 있는 박진실은 강한 태도로 노빈손을 거부하고 있었다. 노빈손과 이유손은 막다른 길에 선 것 같은 막막한 느낌이 들었다.

일본의 반응

이유석의 재판은 일본에서도 큰 관심을 끌고 있었다. 첫 번째 재판이 열리고 나서 며칠이 지난 어느 날, 일본의 저녁 뉴스를 진행하는 앵커는 진지한 표정으로 말했다.

"며칠 전 한국에서는 에나로 이따이 살인사건에 대한 첫 번째 재판이 열렸습니다. 이 사건으로 인해 양국이 예민해져 있는 상황인데요. 우선 이 재판을 간단하게 다시 한 번 정리하기 위해, 한국의 취재기자를 연결해 보겠습니다. '오데가서 머하노' 기자!"

"서울에 나와 있는, 오데가서 머하노입니다."

"첫 번째 재판은 어땠나요?"

"재판은 검찰과 피고인의 변호인이 각자의 기본 입장을 확인한 것이 주된 내용이었습니다."

"검찰이 증거를 제출하지 않았나요?"

"검찰은 피고인 이유석의 집에서 발견된 피해자 이따이의 목걸이를 증거로 제출했습니다. 이 증거가 제출되자 피고인과 그 변호인은 매우 당황하는 표정이 역력했습니다."

"시작부터 검찰이 강하게 피고인을 압박하는 것 같은데요. 오데가서 기자는 계속 이 사건을 취재해 주시길 바랍니다."

앵커는 몸을 돌려 정면을 향했다.

"시청자 여러분께서 아시는 것처럼 이 사건에 대해서는 다양한 의견이 나오고 있습니다. 그래서 시민 단체에 계신 두 분을 모시고, 이 사건을 어떻게 봐야 할지에 대해 간단한 토론을 진행해 보려고 합니다. 제 오른쪽에 계신 분은 '천하무적 니뽄'을 이끌고 있는 '혼네삐라' 회장님입니다."

백발이 성성한 할아버지가 가볍게 고개를 숙였다.

"그리고 제 왼쪽에 앉아 있는 분은 '평화와 연대의 아시아'에서 간사로 일하고 있는 '속닥하이' 선생님입니다."

푸근한 인상을 가진 아주머니가 인사를 했다.

"먼저 혼네삐라 회장님께선 이 사태에 대해서 어떻게 생각하는지 말씀해 주시겠습니까?"

"이건 명백히 일본에 대한 테러입니다. 피해자가 누굽니까? 바로

국제변호사의 정식 명칭은 '외국법자문사'입니다. 다른 나라와 거래를 하려면 그 나라의 법에 대해 잘 알아야 하죠. 이럴 때 필요한 사람, 외국의 변호사 자격증을 가지고 외국법에 대한 자문을 해 주는 변호사를 '외국법자문사'라 부릅니다.

일본 총리의 딸입니다. 일본을 대표하는 정치인의 딸을 상대로 이런 극악무도한 짓을 저지른 이유는 뻔합니다. 일본을 무시하기 때문입니다."

발언 기회가 주어지자 혼네삐라는 얼굴이 발갛게 달아오를 정도로 흥분해서 열변을 토했다. 그에 반해 속닥하이는 차분한 어조로 말했다.

"전 그렇게 생각하지 않습니다. 아직 범인이 누구인지 정확하게 밝혀지지 않았습니다. 설령 그 사람이 실제 범행을 저질렀다고 해도 그건 한 개인의 범죄 행위로 봐야지, 국가 간의 문제로 확대시키는 건 위험합니다."

"범인이 한국 사람이고 피해자가 일본 총리의 딸이라면 그게 바로 국가 간의 문제이지, 어떻게 개인의 문제입니까? 이렇게 물렁하게 구니까 한국이 우리 일본을 무시하는 거 아닙니까? 이럴 때일수록 우리가 강하게 나가야 합니다."

혼네삐라는 답답한 듯 책상을 탁탁 쳤다.

"강하게 나간다는 게 무슨 의미입니까?"

사회를 맡은 앵커가 물었다.

"한국의 외교관들을 불러서 호되게 혼을 내고, 한국을 규탄하는 시위도 하고, 전투기도 띄우고 필요하면 항공모함도 출동시켜서 우리가 얼마나 강한지를 확실하게 보여 줘야 해요. 그래야 무시를 당하지 않는 겁니다."

"언제 한국이 일본을 무시했습니까? 그리고 그렇게 강하게 나가서 일본과 한국의 갈등이 심해지면 뭐가 좋은 게 있나요? 두 나라 사이의 갈등이 고조되면 겨우 찾은 평화가 다시 위태로워질 수 있습니다. 결국 그 피해는 두 나라의 국민들에게 돌아갈 것이고요. 지금은 차분한 자세로 사태를 예의 주시하면서 재판이 어떻게 진행되는지를 확인할 단계입니다. 어떻게 대응할지는 재판이 끝난 뒤에 결정해도 늦지 않습니다."

두 사람은 열띤 토론을 이어 나갔다.

 설득의 여왕

"이 집입니꺼?"

박진실의 집에서 쫓겨난 전후 사정을 듣자마자 송미연 변호사는 노빈손을 앞세우고 다시 박진실 집을 찾았다.

"이렇게 쉽게 포기하면 송송 변호사 사무소가 아니지예. 이따이 씨에 대한 정보를 얻으려면 이 사람을 꼭 만나야 합니더. 한 번 더 부딪쳐 보입시더."

"네, 변호사님."

노빈손이 초인종을 눌렀다.

"빨리 가요. 한 번만 더 귀찮게 하면 경찰을 부르겠어요."

박진실은 여전히 강경했다.

"진실 씨의 선택에 따라 한국과 일본의 관계가 달라질 수도 있어예."

송미연 변호사가 부드럽지만 거스를 수 없는 강한 어조로 말했다.

"그게 무슨 말이죠?"

"자세한 건 들어가서 말씀드리겠십니더."

고민하던 박진실은 결국 문을 열었다.

"딱 5분이에요."

"네, 감사합니더."

겨우 집 안으로 들어온 송미연 변호사는 사뭇 진지하고 절실한 얼굴로 박진실을 설득했다.

"진실 씨, 친구분이 그런 참혹한 일을 당해서 진실 씨가 많이 화난 건 충분히 이해합니더. 하지만 조금 더 냉정하게 생각해 주셨으면 좋겠십니더. 이 사건은 단순히 이유석 씨 한 사람의 문제가 아니라, 국가적인 외교 문제와 연결되어 있어예. 그래서 이 사건이 어떻게 해결되느냐에 따라 한국과 일본의 관계가 크게 변할 수도 있고예. 거기엔 진실 씨의 역할이 물론 중요할 테고예."

"왜요?"

"진실 씨도 잘 알겠지만 한국에게 일본은 '가깝고도 먼 나라'였어예. 두 나라는 지리적으로는 매우 가깝게 붙어 있지만, 역사적인 문제가 얽혀서 두 나라 국민들은 서로를 심리적으로 불편하게 느끼고 있었지예."

"네, 그건 저도 알고 있어요."

"양국이 불편한 관계를 바꾸어 나가려는 노력을 지속적으로 기울인 덕분에 두 나라의 관계가 상당히 개선되고 있었지예. 만약 이 사건이 없었다면 일본의 총리가 과거 일본 제국이 저지른 잘못을 진지하게 반성하는 담화를 발표할 예정이기도 했고예. 하지만 이 사건 이후로 모든 게 달라졌어예."

박진실은 가만히 송미연 변호사의 말을 듣고 있었다.

"지금 이 사건 때문에 일본이 크게 시끄러운 건 알고 계시지예? 만약 이유석 씨가 범인인 걸로 재판 결과가 나오면 일본에서 가만히 있겠십니꺼? 정부 차원에서 어떤 대응을 할지는 모르지만, 일본의 국민들은 가만히 있지 않을 가능성이 높십니다. 그렇게 되면 한국과 일본이 다시 혼돈과 불안한 상태에 빠질 수 있다 아입니꺼."

"그건 그 사람이 잘못을 했으니까 어쩔 수 없는 거 아닌가요?"

"아직 이유석 씨가 범인으로 확실히 밝혀진 게 아니라예. 솔직히 말하면 전 이유석 씨가 범인이 절대 아니라고 확신하고 있어예."

"그거야 의뢰인이니까 그런 거겠죠."

재판에서 자신을 변호해 주는 변호사를 여러 명 선임할 수 있어요. 이혼소송과 같은 가사사건뿐만 아니라, 민사사건, 형사사건도 모두 똑같아요.

"그렇게 생각하실 수도 있지만. 진실 씨는 이유석 씨가 범인이라는 확신을 갖고 있어예?"

"그거야… 검찰과 언론이 범인이라고 말하고 있으니까."

"그건 검찰의 주장과 언론의 추측일 뿐입니다. 형사판결이 확정되기 전까지는 아직 범인이라고 단정할 수 없어예. 그걸 무죄추정의 원칙이라고 하지예."

송미연 변호사의 차분하고 논리적인 설명에 박진실은 빠져들고 있었다.

"그러니 재판이 모두 끝나서 판결이 선고되기 전까지는 이유석 씨가 범인이라고 확신하지 마셨으면 좋겠십니더. 재판은 이유석 씨가 나쁜 사람이라서 벌을 주려는 절차가 아니라, 나쁜 사람인지 억울하게 누명을 썼는지를 가리는 절차이고 아직 그 절차는 끝나지 않았십니더. 그리고 혹시 이유석 씨가 범인이 아닐 수도 있잖아예. 만약 이유석 씨가 아닌 다른 사람이 범인인데, 흉악한 범죄를 저지른 실제 범인은 처벌은커녕 잡히지도 않는다면, 공격을 당해서 목숨을 잃은 피해자는 얼마나 억울하고 분통이 터지겠십니꺼?"

들어 보니 모두 맞는 말이었다. 박진실은 마음이 조금씩 누그러지기 시작했다.

"사건의 진실이 밝혀질 수 있도록 도와주셨으면 합니다."

노빈손도 진심을 다해 호소했다.

"그래서 저에게 원하는 게 뭐죠?"

"진실 씨와 이따이 씨 사이에 있었던 일을 편하게 말씀해 주시면 됩니다. 이따이 씨랑은 어떻게 알게 되었어예?"

"몇 년 전에 일본어를 배우기 위해서 일본으로 유학을 간 적이 있는데, 대학에서 수업을 듣다가 이따이를 만났어요. 이야기도 잘 통하고 이따이가 한국에 관심도 많아서 금방 친해졌죠."

"평소 이따이 씨의 성격은 어땠십니꺼? 특별히 모나거나 하지는 않았어예?"

"이따이는 성격이 매우 좋았어요. 항상 다른 사람을 먼저 배려하고 친절한 성격이라 주변에 친구들이 많았죠."

"혹시 주변에 이따이 씨에게 원한을 가질 만한 사람은 없었어예? 이따이 씨가 총리의 딸이라서 싫어한다거나 하는 사람이 있지 않았을까예?"

"제가 보기에는 없었어요. 전 이따이가 총리의 딸이라는 걸 뉴스를 보고 처음 알았어요. 이따이가 자신의 아버지 이야기를 거의 하지 않았거든요."

송미연 변호사는 박진실의 이야기를 수첩에 빼곡하게 적었다.

"그런데 지금, 재판은 어떻게 되고 있어요?"

"첫 재판이 얼마 전에 열렸고, 검찰이 증거를 제출했는데 저희는 그걸 어떻게 방어할지를 궁리하고 있습니다."

"그 증거란 게 뭔데요?"

노빈손은 별 생각 없이 검찰이 증거로 제출한 목걸이 사진을 박진실에게 보여 줬다.

"앗! 이 목걸이는…."

"왜요? 이 목걸이에 대해서 아세요?"

"당연히 알죠! 제가 선물했으니까요."

"네?"

예상치 못한 박진실의 대답에 송미연 변호사와 노빈손은 깜짝 놀랐다.

가만히 사진을 들여다보던 박진실은 고개를 갸우뚱했다.

"그런데요… 목걸이가 좀 다른 것 같은데요…."

"그게 무슨 말입니꺼?"

노빈손과 송미연 변호사는 박진실이 목걸이에 대해서 하는 말을 하나도 놓치지 않고 귀 기울여서 들었다. 이야기를 다 듣고 난 송미연 변호사가 무릎을 탁 쳤다. 바로 이거야!

"정말 고맙십니더, 진실 씨!"

인사를 마치고 박진실의 집을 나온 노빈손과 송미연 변호사는 하이파이브를 했다.

"변호사님, 희망이 보입니다. 역시 변호사님 최고!"

"우리 이번엔 확실하게 반격해 보입시더!"

반격

3

목걸이의 진실

서울중앙지방법원 형사법정. 송미연 변호사가 자리에서 일어나 말했다.

"재판장님, 피해자의 친구인 박진실을 증인으로 신청합니다."

"증인으로 신청하는 이유는 무엇인가요?"

"검찰은 피해자의 목걸이가 피고인의 집에서 발견되었다는 점을 피고인이 유죄라는 증거로 제시하고 있습니다. 그런데 그 목걸이를 피해자에게 선물한 박진실에 따르면 검찰이 제시한 목걸이가 피해자의 목걸이가 아닐 가능성이 있습니다."

나강골 검사가 바로 반박했다.

"변호인은 지금 억지를 부리고 있습니다. 지난번 재판에서 피해자의 SNS 사진으로 두 목걸이가 같은 모양을 가진 동일한 목걸이라는 사실이 이미 밝혀졌는데, 무슨 소리입니까? 말이 됩니까?"

변호사였다가 검사가 될 수 있습니다. 이런 사람을 '경력 검사'라고 하는데요, 국가에서 검사를 임용할 계획이 있을 경우, 실전 경험이 풍부한 변호사들이 지원할 수 있습니다.

"비슷하다고 해서 모두 동일한 목걸이는 아닙니다."

변호인과 검찰, 두 사람이 팽팽하게 맞서자 재판장이 나섰다.

"일단 증인을 불러서 물어보도록 하겠습니다. 박진실 증인 나와 있나요?"

방청석에서 대기하고 있던 박진실이 앞으로 나왔다.

사실 박진실이 증인으로 나오기까지 매우 험난한 과정을 거쳐야 했다. 변호사 측에 목걸이에 대한 정보를 알려 주기는 했지만, 박진실은 법정에 나오는 것을 꺼려했다. 아무리 무죄추정의 원칙이 있다고는 해도, 이유석이 범인일 거라는 생각이 강하게 들었기 때문이다. 하지만 송미연 변호사의 간절한 부탁이 계속되자 박진실은 마지못해 법정에 나온 것이다.

"박진실 증인, 이 목걸이를 알고 계시나요?"

송미연 변호사가 목걸이를 하고 있는 이따이의 사진을 제시하며 물었다. 사고를 당하기 직전에 보이소북에 올린 것으로 검찰이 제시한 사진과 똑같은 사진이었다.

"잘 알고 있어요. 제가 선물한 것이니까요."

나강골 검사가 반박했다.

"이의 있습니다. 증인이 선물했다는 점에 대한 증거가 없습니다."

송미연 변호사는 예상했다는 듯, 이따이가 박진실에게 보낸 문자 메시지를 제시했다.

– 진실아, 별 모양 목걸이 정말 예뻐. 고마워.

나강골 검사가 잠자코 있자, 송미연 변호사는 증인 신문을 계속했다.

"그렇다면 검찰이 제시한 이 목걸이와 증인이 선물한 목걸이가 같나요?"

송미연 변호사는 비닐에 담긴 검찰 측의 증거품을 보여 주었다.

"얼핏 봐서는 비슷해 보이는데, 좀 다른 것 같기도 해요."

"어떤 점이 다르다고 생각하나요?"

"제가 선물한 목걸이는 별의 끝부분 모양이 뾰족한 편인데, 그 목걸이의 모양은 조금 뭉툭합니다."

"그러니까 증인이 보기에는 검찰이 제시한 목걸이와 증인이 선물한 피해자의 목걸이가 서로 다른 목걸이라는 건가요?"

"확실치는 않지만, 그럴 수도 있을 것 같습니다."

나강골 검사가 다시 나섰다.

"증인은 자신의 주관적인 느낌에 근거해서 이 목걸이가 피해자의 목걸이가 아니라는 무리한 주장을 하고 있습니다. 이건 억지일 뿐입니다."

송미연 변호사는 눈을 잠시 감았다가 뜨더니, 노빈손과 눈빛을 교환했다.

수사나 재판을 하다 보면 어떤 일이 있었는지 물어보는 일이 많이 있습니다. 법원이나 기타 국가 기관이 어떤 사건에 관하여 증인, 당사자, 피고인 등에게 말로 물어 조사하는 일을 '신문'이라고 합니다.

'변호사님, 괜찮을까요?'

'이 증거를 한번 믿어 보기로 하죠.'

승부수를 던져야 할 때가 온 것이다.

"재판장님, 피해자의 목걸이가 분명하다는 검찰의 주장과 피해
자의 목걸이가 아닌 것 같다는 증인의 주장 중 누구의 말이 맞는
지를 확인할 방법이 있습니다."

"그게 뭔가요?"

법정에 있던 사람들이 모두 송미연 변호사의 다음 말을 기다렸다.

"증인이 준 피해자의 목걸이 뒷면에는 피해자의 이름이 영어로 쓰여 있습니다. 증인, 제 말이 맞나요?"

자신 있는 목소리로 말하기는 했지만 사실 송미연 변호사는 상당히 긴장하고 있었다.

"그렇습니다. 제가 선물을 할 때 이따이의 이름을 뒷면에 새겨서 줬습니다."

재판을 지켜보고 있던 유 기자가 김 기자에게 말했다.

"김 기자님, 이 정도면 변호인이 모험을 한다고 볼 수 있겠죠?"

"그래. 뒷면을 확인해서 영문 이름이 없다면 피해자의 목걸이가 아니니 이유석에게 유리하겠지만, 혹시라도 영문 이름이 있다면 피해자의 물건이 확실해지니 검찰의 주장을 강화시켜 오히려 이유석에게 훨씬 불리해질 수밖에 없지. 윷놀이에 비유하면 지금 피고인은 '모 아니면 도'인 상황인 거야."

"그럼 목걸이 뒷면을 확인해 봅시다."

재판장의 말에 법정이 순간 고요해졌다.

법정에 들어가면 조용히 있어야 합니다. 휴대전화는 진동 또는 무음으로 바꿔야 하고 옆 사람과 대화를 하더라도 낮은 목소리로 작게 이야기해야 하죠. 만약 법정에서 소란을 피우면 판사님이 주의를 줄 수도 있어요.

악플러

단디 뽀사뿌라는 자신이 1시간 전에 쓴 '한국이 일본의 지배를 받아야 하는 이유'라는 제목의 글을 클릭했다.

원래부터 일본은 한국보다 우월한 민족이었고, 한국은 일본보다 열등했다. 그래서 일본은 4세기 후반에 한반도 남부 지역에 진출하여 백제·신라·가야를 지배하였던 것이다. 특히 가야에는 일본부(日本府)라는 기관을 두어 6세기 중엽까지 직접 지배하기도 했다… 우월한 민족이 열등한 민족을 지배하는 것은 자연스러운 일이다. 따라서 한국은 일본의 지배에 감사해야 마땅하다.

밑에는 댓글이 엄청나게 많이 달렸다.

님이 말한 임나일본부설은 조작된 학설이라는 견해가 상당히 설득력 있는데, 무슨 근거로 그런 주장을 하시죠?

우월한 민족 어쩌고 하는 거 보니, 사고 체계가 독특한 분이신 듯.

단디 뽀사뿌라는 화가 나서 가만히 있을 수 없었다. 댓글 밑에 '멍청한 너희들이 뭘 알아?' '헛소리 집어 치워' '멍멍멍, 어디서 개

소리가 들리네'와 같은 악플을 달아 댔다.

＊

검찰이 비닐봉투에 든 증거물을 꺼냈다. 노빈손은 침을 꼴깍 삼켰다. 이유석은 눈을 감고 마음속으로 기도했다.

'제발…'

목걸이가 서서히 돌아갔고, 사람들의 이목이 목걸이에 집중되었다.

다행히도 목걸이 뒷면에는 아무런 영문 이름이 적혀 있지 않았다. 노빈손, 이유석, 송미연 변호사, 이유손은 기쁨의 미소를 지었고, 나강골 검사는 울상이 되었다. 그리고 방청석 구석에 앉아 있던 검은 양복의 남자도 인상이 심하게 구겨졌다.

검은 양복의 남자는 조용히 법정을 나온 뒤에, 전화를 걸었다.

"재판 진행 상황 보고드립니다. 피해자의 목걸이가 아니라는 게 밝혀졌습니다."

검은 양복의 전화를 받은 단디 뽀사뿌라는 화가 잔뜩 나서, 앞에 서 있는 사내의 정강이를 거칠게 걷어찼다.

"너… 너… 너는… 일을 왜 이따… 이따… 이따위로 하는… 하는 거야!"

단디 뽀사뿌라는 흥분해서 말을 더듬었다.

"죄송합니다."

"네가 멍… 멍청하게… 목걸이만 잃어버리지 않았어도 이런 일 아… 안… 생겼을 거잖아."

"면목이 없습니다."

푹 숙인 사내의 얼굴이 붉게 달아올랐다.

사내는 지난 일을 떠올렸다.

이따이를 처치한 뒤에 이따이의 목걸이를 빼앗아 호주머니에 넣었던 건 분명히 기억이 난다. 그런데 그 뒤부터는 기억이 나지 않았다.

사내의 보고를 받은 단디 뽀사뿌라는 불같이 화를 냈었다.

"그… 모… 모… 목걸이가 얼… 얼마나 중요한지… 몰라. 그… 그게 있어야… 이… 이… 이유석에게 죄를 뒤… 뒤집어씌울 거 아… 아냐."

단디 뽀사뿌라의 계획에 따르면 목걸이는 매우 중요한 물건이었다. 사내는 어떻게 해서든 실수를 만회해야 했다.

"다행히 이따이의 목걸이를 찍은 사진이 있습니다. 그것과 똑같은 걸 구해 놓겠습니다. 아마 아무도 목걸이가 다르다는 걸 눈치채지 못할 겁니다."

"또… 똑… 바로 해!"

처음에는 계획대로 되는 것 같았다. 별 모양의 비슷한 목걸이라 누구도 의심하는 사람이 없었다. 그런데….

"멍… 멍… 멍청한 놈! 앞으로는 더 이상 시… 시… 실수 없도록 해. 이유석 쪽도 생각보다 만… 만…만치 않은 모양이니, 그쪽 사… 사람들 감… 감… 감시 잘 해."

그래, 바로 이거야

"나강골 검사입니다."

"나 검사, 잠깐 내 방으로 들어와."

부장검사의 전화를 받은 나강골 검사는 급히 자리에서 일어났다. 상사인 부장검사의 호출은 그다지 달갑지 않은 일이었다.

"나 검사, 요즘 일본 총리 딸 사건 해결하느라 고생이 많지?"

"아닙니다. 당연히 제가 해야 할 일이라고 생각합니다."

"나 검사야 워낙 실력 좋기로 소문났으니까 내가 크게 걱정은 하지 않는데 말이야. 요즘 사건이 잘 풀리지 않고 있다는 이야기가 들리더라고. 지난번 재판에서도 피고인 측에게 한 방 먹었다지?"

나강골 검사는 당황해서 어찌할 바를 몰랐다.

"아… 그게…."

"나 검사도 알다시피 이 사건은 단순한 살인사건이 아니야. 대한민국과 일본의 외교적 문제가 걸린 중대한 사안이지. 대한민국 검

 검사의 직급은 '검찰총장'과 '검사'로 나뉘는데, 검사라고 해서 다 같은 검사는 아닙니다. 검사들은 맡은 일에 따라 '검사장 – 차장검사 – 부장검사 – 평검사'로 구분됩니다. 회사에 비유하면 검사장은 사장이고, 차장검사는 부사장인 셈입니다. 부장검사는 부서를 책임지는 부장이라고 할 수 있어요.

찰의 명예도 걸려 있고. 혹시라도 일이 잘못되면 나 검사뿐만 아니라 나도 다칠 수 있어."

"부장검사님께 피해가 가지 않도록 혼신의 노력을 다하겠습니다."

"나 검사 노력하는 거야 누구보다 내가 잘 알지. 그런데 피고인이 범인인 건 확실한 거지?"

"그렇습니다. 이미 사건 초기부터 철저하게 수사했습니다. 피해자와 직접 접촉할 수 있는 사람이 바로 피고인이었고 피고인의 범죄를 보여 주는 증거들도 많이 있습니다. 유죄를 입증하는 데는 전혀 문제없습니다."

"이 사건은 조금의 실수도 있어서는 안 돼. 만에 하나라도 무죄가 나오면 사람들이 검찰을 뭐라고 생각하겠어? 엉뚱한 사람 잡아서 괴롭혔다고 난리 치지 않겠어? 일본을 볼 면목도 없어지고. 그러니까, 똑바로 하자고."

부장검사는 나강골 검사의 어깨를 툭툭 치고 자리에서 일어났다. 나강골 검사는 결의에 차서 말했다.

"이 재판, 반드시 이기겠습니다."

자타공인 검찰 최고의 에이스인 나강골 검사는 자존심이 강한 사람이었다. 그런 나강골 검사에게 부장검사의 호출 및 질타는 굴욕이었다. 자신의 방으로 돌아온 나강골 검사는 한동안 몸을 부들부들 떨었다. 그러더니 눈에 불을 켜고 사건 기록을 처음부터 꼼꼼히 읽고 온갖 증거들을 샅샅이 뒤지기 시작했다.

밤이 늦도록 나강골 검사의 방은 환하게 불이 켜져 있었다. 모두가 잠든 새벽, 사건 기록 속에 파묻혀 있던 나강골 검사는 뭔가를 발견하고 엄지손가락과 중지손가락을 맞비벼 딱 소리를 냈다.

"그래, 바로 이거야."

 ## 지켜보는 눈

"빈손 씨!"

"네, 변호사님!"

"내 방 책상 위에 있던 차 열쇠 못 봤십니꺼?"

"어제 저녁에는 봤는데 오늘은 못 봤어요."

"참말로 신기하네. 이게 오데 갔지? 분명히 책상 위에 올려놨는데."

"잘 찾아보세요. 열쇠에 발이 달린 것도 아니고, 변호사님이 놔 둔 곳에 있겠죠."

말을 마치고 노빈손은 책상을 탁 쳤다. 머리에 한 가지 생각이 번뜩 지나간 것이다.

"변호사님! 변호사님! 왜 그동안 그 생각을 못 했을까요?"

"무신 생각예?"

"유석이의 방에 있던 목걸이요. 그 목걸이에 발이 달린 것도 아닌데, 제 발로 유석이의 집으로 들어가진 않았을 거잖아요."

"글네예. 이유석 씨가 가져다 놓은 것도 아이고. 거기다가 이따이 씨의 목걸이와 비슷한 짝퉁 목걸이가 이유석 씨의 집에서 발견되었다는 건…"

노빈손과 송미연 변호사가 서로를 응시했다.

"함정!"

두 사람은 약속이라도 한 것처럼 동시에 외쳤다.

"누군가 이유석 씨를 함정에 빠트리려고 계획을 세운 것 같네예. 그게 누군지는 모르겠지만."

"일단 유석이의 주변을 조사해 봐야겠어요. 변호사님, 저 잠깐 나갔다 올게요."

노빈손은 고신 호텔을 찾았다. 오랜만에 오니 감회가 새로웠다. 노빈손은 호텔 CCTV를 관리하는 보안실을 먼저 찾았다.

"CCTV를 보고 싶다는 말이지?"

"네, 아저씨. 사건 발생한 날 전후의 CCTV였으면 좋겠어요."

"이미 그건 경찰에서 다 가져갔어."

다음으로 찾아간 곳은 지배인실이었다.

"평소 유석이와 사이가 나빴던 사람은 없었나요?"

"유석이가 사람들과 얼마나 친하게 잘 지냈는지는 유석이 친구인 네가 더 잘 알잖아."

혹시나 싶어서 물어본 것이었는데 역시나 대답은 예상했던 대로였다. 호텔 곳곳을 돌아다녀 보았지만 별 소득이 없었다. 터벅터벅 복도를 걸어가던 노빈손은 복도를 꼼꼼하게 살피고 있는 장옥정 여사와 마주쳤다.

"아주머니, 안녕하세요?"

"빈손아, 오랜만이구나. 니가 유석이를 돕고 있다며. 유석이는 어떻게 지내? 뉴스 보고 어찌나 놀랐는지…. 너도 알다시피 유석이가 그럴 애가 아니잖아."

"그럼요 그럼요. 그래서 유석이의 무죄를 밝히기 위해 변호사님과 함께 열심히 노력하고 있어요."

"그래, 너만 믿을게."

"혹시라도 이번 사건과 관련해서 유석이에게 도움이 될 만한 게 있으면 저에게 알려 주세요."

"응, 그러마."

장옥정 여사는 노빈손에게 다시 한 번 이유석을 부탁하고는 혼잣말을 중얼거리며 복도 반대편으로 멀어져 갔다.

"그나저나, 그게 도대체 어디로 사라진 거지?"

소득 없이 호텔을 나온 노빈손은 버스 정류장을 향해 걸었다. 노

'마을 변호사'라는 제도가 있어요. 변호사 사무소가 없는 마을 사람들을 위해 변호사가 전화나 인터넷, 팩시밀리 등을 통해 일상생활에서 발생하는 마을 주민들의 법률 문제를 상담해 주고 필요한 법적 절차를 안내해 주는 제도랍니다.

빈손은 눈치채지 못했지만 노빈손의 뒷모습을 몰래 숨어 지켜보고 있는 사람이 있었다. 그 사람은 누군가에게 문자 메시지를 보냈다.

– 똥파리 한 마리가 여기저기 들쑤시고 다니고 있습니다.

문자 메시지를 확인한 단디 뽀사뿌라의 얼굴이 똥 씹은 표정으로 변했다.

 검찰의 반격

이유석의 집에서 발견된 목걸이가 이따이의 목걸이가 아니라는 것이 밝혀진 재판으로부터 일주일 뒤 열린 재판. 나강골 검사는 어느 때보다 자신감에 가득 차 있었다.

"재판장님, 피고인 이유석에 대한 피고인 신문을 허락하여 주십시오."

"그렇게 하세요."

나강골 검사의 기세에 눌린 탓인지 이유석은 긴장한 기색이 역력했다.

"피고인의 주장은, 피해자 이따이를 공격한 것이 아니라 공격을 당해 쓰러져 있는 이따이를 발견하였을 뿐이라는 것이죠?"

"네, 그렇습니다."

"그날 피해자를 발견하게 된 과정을 포함해서 사건 발생일에 있었던 일에 대해서 자세하게 설명해 주시겠어요?"

"전 보통 오전 11시 30분 정도에 이따이 씨의 방에 들어가 청소 상태를 점검하곤 했지만 그날은 평소보다 1시간 정도 일찍 들어 갔습니다. 원래는 청소 담당 아주머니가 청소를 하지만, 그날은 그 아주머니에게 일이 생겨서 제가 직접 청소를 해야 했기 때문입니

다. 그런데 아무 생각 없이 방 안으로 들어간 저는 소파를 보고 소스라치게 놀랐습니다. 소파 위에 이따이 씨가 쓰러져 있었습니다."

이유석이 경찰과 검찰에서 진술한 것과 동일한 내용을 말했다.

"그 뒤에는 어떻게 되었나요?"

"제가 너무 놀라 이따이 씨에게 다가가 보았는데, 살아 있는지 죽었는지 확인이 되지 않았습니다. 어찌해야 할지 몰라 우왕좌왕하고 있을 때, 동료가 와서 119와 112에 신고를 했습니다."

"그럼 그날 피고인은 피해자의 몸 상태를 짧게 확인한 적은 있지만, 피해자의 물건에 손을 대지는 않았겠네요?"

"네, 그렇습니다. 제가 투숙객의 물건에 손을 대는 일은 절대 있을 수 없는 일이고, 쓰러져 있는 사람의 물건에 손을 댄다는 건 더더욱 말이 안 됩니다."

"피고인이 피해자의 가방에서 물건을 훔치려고 했는데, 갑자기 들어온 피해자에게 들키자 범행을 숨기려고 피해자를 살해한 게 아니고요?"

"절대 그렇지 않습니다. 저는 피해자의 가방을 만져 본 적도 없습니다."

이유석의 대답을 들은 나강골 검사의 입꼬리가 살짝 올라갔다.

그런일 없습니다!!

'드디어, 걸렸구나' 하는 표정이었다. 나강골 검사는 종이 한 장을 들고 자리에서 일어났다.

"재판장님, 이 서류를 증거로 제출합니다."

"그게 뭡니까?"

"그날 피해자의 가방에서 발견된 지문이 있는데, 그 지문과 피고인의 질문이 일치한다는 국립과학수사연구원의 감정 결과입니다."

나강골 검사의 변론이 끝나자 법정은 침묵에 빠졌다.

"피고인의 주장대로 청소를 하기 위해 들어갔다가 쓰러져 있던 피해자를 발견했다면 피해자의 가방에 피고인의 지문이 묻어 있을 까닭이 없습니다. 그런데 국과수의 감정에서 밝혀진 것처럼 피해자의 가방에는 피고인의 지문이 묻어 있었습니다. 피고인은 피해자의 가방에서 돈을 훔치려다 발각되자 피해자를 살해한 것입니다."

단단히 준비를 하고 나온 나강골 검사의 주장은 논리정연하고 빈틈이 없었다.

"그런데도 저렇게 거짓말을 하다니. 참으로 뻔뻔하다고밖에 표현할 수가 없습니다."

나강골 검사는 이유석을 훈계하는 듯한 말투로 말을 끝맺었다.

나강골 검사의 변론이 끝나자 유 기자가 김 기자에게 말했다.

"김 기자님, 나 검사의 말투가 워낙 확신에 차 있어서 듣다 보면 묘하게 설득 당하는 느낌이 있는데요."

국립과학수사연구원은 범죄와 관련된 증거를 과학적으로 분석하고 연구하여 범인을 검거할 수 있도록 지원하는 국가기관입니다.

"그게 바로 나 검사의 특기지. 나 검사가 뛰어난 검사로 평가받는 건 단순히 법에 대해서 잘 알아서가 아냐. 재판의 분위기를 어떻게 끌고 가야 유리한지를 잘 아는 전문가가 바로 나 검사라고."

대책 논의

송미연 변호사 사무소는 침통한 분위기였다. 재판 전략을 짜고 대책을 논의하기 위해서 노빈손과 송미연 변호사가 모여 앉았지만, 쉽게 말을 꺼내지 못하고 있었다. 결국 답답함을 참지 못한 노빈손이 침묵을 깼다.

"변호사님, 아직 끝난 건 아니죠?"

"아직 끝난 건 아니지만 상황이 억수로 안 좋기는 하네예. 피해자의 가방에서 나온 이유석 씨의 지문 때메 우리한테는 굉장히 불리해졌십니더. 반대로 피해자의 물건을 훔치다가 발각되자 범죄를 저질렀다고 주장하는 검찰한테는 엄청시리 유리해졌고예."

송미연 변호사는 한숨을 길게 내쉬었다.

"그래도 무슨 해결책이 있겠죠?"

"같이 찾아 보입시더."

그때 사무실로 누군가 들어왔다.

"저기, 실례합니다."

"어? 순동이 형? 형이 여기 웬일이세요?"

양순동은 도시락을 내밀었다.

"유석이가 지금 안에 갇혀 있는데 친한 형이 되어서 아무 도움도 못 주고 있는 게 계속 신경이 쓰였어. 내가 도움이 될 만한 게 뭘까 고민하다가 유석이의 무죄를 밝히려고 노력하고 있는 너랑 변호사님께 맛있는 밥이라도 대접하고 싶어서 도시락을 준비해 봤어."

"역시 형은 천사라니깐. 변호사님, 도시락 한번 드셔 보세요. 이 형이 고신 호텔 최고의 일식 요리사예요."

"음식이 입에 맞을지 모르겠네. 빈손아, 그나저나 지금 재판은 어떻게 되고 있어?"

"안타깝게도 검찰이 유석이에게 불리한 증거를 제출해서 상황이 좋지는 않아요."

"그래도 뭔가 대책이 있겠지?"

"아직 찾지는 못했는데, 계속 고민해 봐야죠."

"그래, 조금만 더 힘내 줘. 혹시 도움 필요하면 이야기하고. 난 이만 가 볼게."

양순동은 송미연 변호사에게도 가볍게 목례를 하고 무거운 발걸음을 옮겼다.

며칠 뒤에 노빈손은 이유손을 만났다. 걱정을 많이 한 모양인지 이유손의 얼굴이 핼쑥해져 있었다.

"우리 오빠 괜찮을까?"

"아직 재판이 끝난 건 아니니까, 벌써부터 너무 절망하지 말자."

노빈손이 어른스럽게 말하자, 이유손도 기운을 조금 차리는 것 같았다.

"그런데 그건 뭐야?"

노빈손은 이유손이 들고 있는 편지 봉투를 가리켰다.

"어제 받은 오빠 편지야. 너에 대한 내용도 있으니 읽어 봐."

보고 싶은 유손아!

요즘 나 때문에 걱정이 많지? 우리가 쌍둥이라고는 하지만,
그래도 내가 오빠인데 멋진 모습 보여 주지 못하고
불미스러운 일에 엮이는 바람에 너까지 힘들게 만들어서 미안해.
지난번 재판 때 많이 놀랐지?
혹시라도 오해할까 봐 말하는데 나는 절대 이따이 씨의 가방에
손을 댄 적이 없어.

왜 그 가방에 내 지문이 묻어 있는지는 나도 정말로 모르겠어.
불리한 증거가 나와서 걱정이 되는 것도 사실이지만
곧 진실이 밝혀질 거라 믿어.
나는 잘 지내고 있으니 너무 걱정하지 않아도 돼.
엄마 잘 돌봐드리고, 아프지 말고, 건강 잘 챙겨.
그리고 날 위해 애쓰시는 송미연 변호사님과 빈손이에게도
감사 인사 전해 주고.

PS. 오늘 아침에 문을 닫다가 왼손이 문에 끼이는 바람에
오른손으로 글씨를 썼더니, 글씨체가 엉망이다.

이유석의 편지를 보자 노빈손은 구치소에 갇혀서 고생하고 있을 친구 생각에 감정이 북받쳐 올랐다. 유석아, 내가 꼭 구해 줄게.

다시 마음을 다잡은 노빈손은 열심히 이유석의 사건 기록을 살펴보고 온갖 고민을 하며 시간을 보냈다. 하지만 결정적인 반격의 증거도, 뾰족한 수도 떠오르지 않았다.

그때 문득 지하철역에서 만난 할머니가 준 사탕 생각이 났다. 그 사탕을 먹고 나니 신기하게도 과거로 시간여행을 떠나는 마법

같은 일이 벌어졌는데, 혹시 이번에도 기적이 일어나지 않을까 하는 기대가 생겼다.

노빈손에게는 남은 사탕이 두 개가 있었다. 하나는 겉 포장지에 사람의 눈 모양 그림이 그려져 있었고, 나머지 한 개에는 물음표가 그려져 있었다. 노빈손은 눈 모양의 그림이 있는 사탕을 골라 입에 넣었다. 조금 있으니, 몸이 부르르 떨렸고 지난번처럼 마치 잠깐 자다가 깬 것 같은 이상한 기분이 들었다.

휴대전화로 시계를 봤다. 조금 전과 다르지 않으니 시간여행은 아니었다. 무슨 일이 일어났을까를 궁금해하며 노빈손은 얼굴을 상하좌우로 움직여 보았다.

그때 노빈손의 눈앞에 타원형의 선 모양이 반복된 거대한 패턴이 나타났다. 자세히 살펴보니 조금 전까지 보고 있던 사건 기록 안의 지문 모양이었다. 사탕을 먹기 전까지는 너무 작아서 잘 보이지 않던 것이 마치 현미경으로 확대를 한 것처럼 크게 보였다. 사탕은 시력을 굉장히 좋게 만들어 주는 힘이 있었다.

지문을 유심히 살펴보던 노빈손은 고개를 갸우뚱했다.

'이거 뭔가 이상한데…'

갑자기 머릿속에 이유석이 보낸 편지의 한 구절이 떠올랐다.

'ps. 오늘 아침에 문을 닫다가 왼손이 문에 끼이는 바람에 오른손으로 글씨를 썼더니, 글씨체가 엉망이다.'

형사법정. 나강골 검사와 송미연 변호사는 마주 보고 있었다. 나강골 검사는 여유 있는 표정이었고, 송미연 변호사는 골똘히 생각에 잠겨 있었다.

방청석에는 여느 때와 마찬가지로 여러 기자들이 참석해 있었다. 유 기자가 방청석의 김 기자를 발견하곤 가까이 다가가 앉으며 물었다.

"김 기자님, 재판의 전반적인 분위기는 어떤 것 같으세요?"

"그동안 재판이 팽팽하게 진행되고 있었는데, 지난 재판에서 검찰이 피해자의 가방에서 발견한 이유석의 지문을 제시했으니 검찰이 상당히 유리해졌다고 봐야지."

"그럼 오늘 변호인 측이 검찰의 증거를 뒤집지 못하면 피고인이 유죄를 받는다고 봐야 하는 건가요?"

"그렇지. 이번 재판이 피고인과 변호인에게는 매우 중요한 재판이 될 거야."

본격적인 재판이 시작되자, 두 기자의 대화는 멈췄다. 증인으로 나온 사람은 국과수의 연구원으로 일하고 있는 조 박사였다. 먼저 질문을 한 사람은 송미연 변호사였다.

"조 박사님은 국과수에서 얼마나 근무하셨나요?"

'공증'은 계약 관계나 일어난 일을 객관적인 위치에 있는 제3자가 공식적으로 확인해 주는 제도입니다. A가 B에게 돈을 빌려줄 때 돈을 빌려줬다는 사실을 증명하기 위해서 보통 차용증을 작성하는데, 차용증에 공증을 받아 두면 나중에 분쟁이 생겼을 때 손쉽게 해결할 수 있어요. 공증은 변호사 자격을 가진 사람 중에서 국가로부터 임명을 받은 일부만 할 수 있는 일입니다.

"올해로 23년째 근무하고 있습니다."

"조 박사님은 특히 지문 감식 분야에서 탁월한 전문성을 가지고 있다고 들었는데, 맞나요?"

"제 입으로 말하기는 조금 부끄럽지만 지문 감식 분야에서는 제가 1인자라고 할 수 있죠."

"그럼 박사님과 비슷한 실력을 가진 사람은 또 없습니까?"

"저보다 실력이 떨어지긴 하지만 한돌대학교의 윤상식 교수도 꽤나 뛰어납니다."

조 박사는 거만하게 대답했다.

"이번 사건의 피해자 가방에 대한 지문 감식도 박사님께서 하셨는데, 지문 감식 결과를 좀 설명해 주시겠습니까?"

"검찰의 요청에 따라 피해자의 가방에 묻은 지문을 추출한 뒤 피고인의 지문과 일치하는지를 대조하였는데, 두 지문이 정확하게 일치하였습니다."

"박사님, 오른손의 지문과 왼손의 지문이 같나요?"

"아닙니다. 두 손의 지문은 서로 다릅니다."

그 뒤로도 송미연 변호사는 질문을 많이 했는데, 지문에 대한 일반적인 내용이 대부분이었다.

유 기자는 영 못마땅한 얼굴로 총평을 했다.

"김 기자님, 변호인의 반박이 그다지 날카롭지 않은 것 같아요.

오히려 검찰의 주장을 확인시켜 주는 정도인 것 같은데요."

"그러게. 나도 비슷하게 느껴지네. 재판이 불리해지니 변호인이 포기를 했을 수도 있지. 아니면 원래부터 변호인의 실력이 저 정도밖에 안 되거나. 하긴 나 검사 정도의 에이스를 만나면 누구라도 주눅이 들게 마련이지."

나강골 검사는 재판의 승기를 잡았다고 생각해서인지 얼굴에서 미소가 떠나지 않았다. 그에 반해 이유석은 불안감을 감추지 못했다.

송미연 변호사는 팔짱을 낀 채로 몸을 반 바퀴 휙 돌려서, 방청석 쪽을 향했다.

"그런데 말입니다."

뭔지는 정확히 몰라도 무척이나 '그것이 알고 싶은' 표정이었다.

"박사님의 지문 감식 결과에 따르면 피고인이 피해자의 가방을 만졌다고 확실하게 말할 수 있나요?"

조 박사는 잠깐 망설였다.

"과학자인 저는 피고인이 가방을 만졌는지, 만지지 않았는지에 대해서는 알지 못합니다. 다만 가방의 지문과 피고인의 지문이 일치한다는 사실만 말할 수 있습니다."

분위기가 이상하게 돌아간다는 걸 감지한 나강골 검사가 나섰다.

티비 드라마에서 가끔 변호사가 고인의 유언장을 가족들에게 발표하는 장면을 볼 수 있을 거예요. 유언장을 작성할 때 반드시 변호사의 도움을 받아야 하는 건 아니에요. 하지만 법률전문가인 변호사의 도움을 받아 유언장을 작성하고 유언에 따라 재산이 배분되는 걸 변호사에게 맡겨 놓으면 좀 더 확실하게 일을 처리할 수 있겠죠?

"가방에 피고인의 지문이 묻어 있다면 그 사람이 가방을 만졌을 가능성이 매우 높다고 말할 수 있죠?"

"네, 그렇습니다."

조 박사가 얼른 대답했다.

송미연 변호사도 지지 않았다.

"100% 장담할 수 있나요? 누군가 피고인의 지문을 가방에 옮겨 놓을 수도 있는 것 아닌가요?"

"뭐… 그게 과학적으로 불가능한 것은 아닙니다."

조 박사가 머뭇대며 말했다.

"재판장님, 조금 전 조 박사님의 대답에서 드러났듯이 피해자의 가방에 피고인의 지문이 있었다고 해서 반드시 피고인이 가방을 만졌다고 볼 수는 없습니다. 그리고 실제로도 피고인은 피해자의 가방을 만지지 않았고, 피고인에게 누명을 씌우기 위해 누군가 피고인의 지문을 옮겨 놓은 것입니다."

"이의 있습니다. 변호인은 지금 아무런 증거도 없이 주장만 하고 있을 뿐입니다. 빤히 피고인의 지문이 묻어 있는데 그걸 누군가가 일부러 옮겼다는 게 도대체 말이 됩니까? 상식적인 주장을 하세요, 변호인."

나강골 검사가 거칠게 나왔다. 하지만 이미 그에 대해서 대비하고 있던 송미연 변호사는 회심의 일격을 날렸다.

"증거가 있습니다."

송미연 변호사의 한마디에 법정은 고요해졌다.

 ## 지문의 의미

"지금부터 간단한 실험을 해 보겠습니다."

송미연 변호사가 눈빛으로 신호를 주자 노빈손이 가방을 건넸다.

"이 가방은 피해자의 가방과 유사한 모양을 가진 가방입니다. 피고인은 이 가방을 한번 열어 보시겠어요?"

영문을 모르는 이유석은 송미연 변호사가 시키는 대로 했다.

"여기 있는 사람은 저의 일을 도와주고 있는 노빈손 씨입니다."

"안녕하세요? 저는 송송 변호사 사무소의 브레인으로 활약하고 있는 노빈손이라고 합니다."

노빈손이 시키지도 않은 자기 소개를 하자, 법정 분위기가 썰렁해졌다. 분위기를 감지한 송미연 변호사가 말했다.

"빈손 씨, 가방을 열어 봐 주시겠어요?"

노빈손도 가방을 열었다가 닫았다. 나강골 검사가 비아냥거리는 말투로 말했다.

"변호인, 지금 뭐 하는 겁니까? 쓸데없는 실험을 하면서 낭비할 시간이 없습니다."

"쓸데없는 실험이 아닙니다. 방금 보신 것처럼 두 사람이 가방을 여는 방식이 비슷해 보였지만 달랐습니다. 노빈손 씨는 오른손잡이이고, 피고인은 왼손잡이이기 때문입니다. 두 사람이 주로 쓰는 손이 다르다는 사실에 유념해서 다시 한 번 두 사람의 동작을 살펴봐 주십시오."

이유석과 노빈손이 다시 가방을 열고 닫았다.

"그래서 그게 어쨌다는 겁니까?"

"검사님께서 쉽게 이해하도록 사진을 보면서 설명을 해 드리겠습니다."

노빈손은 가방 모양이 인쇄된 종이를 한 장 펼쳤다.

"이 그림을 보아 주십시오. 가방을 여는 사람이 어느 손을 주로 사용하느냐에 따라 지퍼 손잡이인 A부분에 찍히는 지문이 달라집니다. 오른손잡이라면 오른손의 지문이 찍힐 것이고, 왼손잡이라면 왼손의 지문이 찍히게 되는 것이죠. 조 박사님, 피해자 가방의 지퍼 손잡이에서 발견된 것은 오른손 지문이었나요, 왼손 지문이었나요?"

"아, 그게 잘 기억이 안 나는데… 한번 확인해 보겠습니다."

조 박사는 지문을 검사한 자료를 뒤적이기 시작했다.

"확인해 보니, 오른손 지문입니다."

법정이 술렁였다. 송미연 변호사가 안도의 한숨을 쉬자 나강골 검사가 다급하게 외쳤다.

"피고인이 왼손잡이라는 걸 어떻게 믿을 수 있습니까? 변호인과 짜고 피고인이 일부러 왼손잡이처럼 행동할 수도 있습니다."

변호인과 짜고 거짓말을 한다는 건 송미연 변호사까지 싸잡아서 비난하는 것과 같았다. 송미연 변호사는 나강골 검사의 무례한 발언에 화가 솟구쳤다.

"점마가 지금 뭐라 씨부리 쌌노?"

흥분하자 찰진 사투리가 불쑥 튀어나왔다. 혼잣말을 한다고 생각했는데 그 소리가 예상보다 컸다.

"변호인, 지금 뭐라고 하셨습니까? 씨부린다고요?"

"어제 화분에 봉숭아씨를 뿌렸다는 말을 혼잣말로 한 겁니다."

괜히 트집 잡히기 싫어 말을 돌렸다. 마음을 가라앉힌 송미연 변호사는 차분하게 말을 이어 나갔다.

"피고인은 왼손잡이가 맞습니다."

경찰이나 검찰은 범인으로 의심되는 사람(피의자)을 불러서 조사를 할 때 이것저것 물어본 뒤 대답을 듣고 이걸 서류로 작성해 둡니다. 이렇게 작성한 서류를 '피의자신문조서'라고 부릅니다.

"뭘로 증명을 하시겠습니까?"

그 말을 기다렸다는 듯이 노빈손은 주머니에서 사과를 꺼내 나강골 검사와 이유석에게 각각 던졌다. 갑자기 날아든 사과에 놀란 두 사람은 재빨리 사과를 잡았는데, 나강골 검사는 오른손을, 이유석은 왼손을 사용했다.

"이래도 못 믿으시겠다면, 검찰이 직접 받은 피의자신문조서를 확인해 보십시오. 거기에는 분명 피고인의 왼손 지문이 찍혀 있을 겁니다. 그리고 놀라게 했다면 사과드립니다."

나강골 검사는 씩씩거렸다.

"아, 손에 사과를 쥐고 계신 걸 보니 이미 사과는 받으셨군요."

송미연 변호사의 말장난에 방청석의 몇몇이 킥킥 웃어 댔다.

"피고인이 자신의 범행을 숨기기 위해서 평소와 다르게 손을 사용했을 수도 있습니다."

나강골 검사도 쉽게 물러서지 않았다.

"검찰의 주장도 일리가 있습니다. 하지만 저희 쪽에는 증거가 더 있습니다."

송미연 변호사가 자신있게 말했다.

"증거가 무엇인가요?"

"재판장님, 한돌대학교의 윤상식 교수를 증인으로 신청하겠습니다."

법정 밖에서 대기하고 있던 윤 교수가 안으로 들어왔다.

"윤 교수님, 지문이 찍힌 위치를 통해서 손 모양을 추론할 수 있지요?"

송미연 변호사가 물었다.

"네, 가능합니다."

"피해자의 가방에 찍힌 지문을 유심히 살펴보신 뒤에 찍힌 모양을 통해 손 모양을 추론하면 어떻게 되나요?"

"말로 설명하는 것보다는 실제로 보여 드리는 게 나을 것 같군요."

윤 교수는 뱀처럼 팔을 꼬려고 했으나 잘 되지 않았다. 한참 낑낑거리던 윤 교수는 말했다.

"지금 가방에 찍힌 모양대로 실제 지문이 찍히게 하는 것은 불가능합니다."

"그 말은 어떤 의미인가요?"

"피해자의 가방에 있는 지문은 직접 만져서 생긴 것이 아니라, 누군가 의도적으로 지문을 옮겨 놓았다는 얘깁니다."

법정은 사람들의 웅성대는 소리로 소란스러워졌다.

유 기자 역시 예상치 못한 상황 전개에 흥분을 감추지 못했다.

"김 기자님, 피고인 측도 실력이 만만치 않은데요."

"그러게, 피고인이 많이 불리한 상황에서도 방어를 잘하고 있는데. 이런 분위기라면 재판이 어떻게 될지 나도 장담을 못 하겠어."

"재판이라고 하면 굉장히 지루하고 답답할 줄 알았는데, 생각했던 거랑 많이 다른데요."

"법정 출입한 지 10년이 넘었는데, 이렇게 흥미진진한 재판은 나도 처음 보는 것 같아."

마지막 재판 4

흉계를 꾸미다

재판이 끝난 뒤 법정 밖 복도에서 노빈손은 송미연 변호사와 이야기를 나누고 있었다.

"빈손 씨, 오늘 억수로 고생했심더. 맨 처음에 생긴 거 보고는 사실 별 기대를 안 했었는데, 빈손 씨는 갈수록 매력이 터지는 거 같네예."

송미연 변호사는 신이 나서 아주 높은 톤의 목소리로 말했다. 외모에 대한 지적이 나오자 살짝 기분이 상하긴 했지만 어쨌든 전반적인 내용은 칭찬이라 노빈손도 기분이 좋았다.

"빈손 씨가 지문에 대한 정보를 알려 주지 않았으모 오늘 재판에서 우리가 크게 욕을 볼 뻔했다 아입니꺼. 빈손 씨는 우찌 그런 생각을 해 냈십니꺼?"

"제가 어디 하나 빠지는 데가 있나요? 외모, 성격도 좋은데 관찰

제가 존경하는 변호사는요, 많은 변호사들이 그렇듯이 저도 돌아가신 조영래 변호사님을 존경합니다. 조영래 변호사님은 사회적 약자를 위해서 훌륭한 일을 많이 하신 변호사시죠.

력과 시력도 뛰어나죠."

노빈손은 할머니의 마법사탕을 먹은 뒤에 시력이 매우 좋아져서 마치 돋보기로 보는 것처럼 지문의 모습이 뚜렷하게 보였다. 지문을 유심히 살피던 노빈손은 왼손과 오른손의 지문이 다르다는 걸 알게 되었다.

그때 마침 떠오른 것은 왼손을 다쳐 오른손으로 글씨를 썼다는 이유석의 편지였다. 생각해 보니 이유석은 왼손잡이였던 것이다. 그렇다면 가방의 손잡이에는 왼손의 지문이 찍혀 있을 것이라 생각했는데 오른손의 지문이 찍혀 있었다. 그 사실을 기반으로 해서 검찰이 제시한 증거의 허점을 찾아낸 것이다. 마법사탕의 도움을 받기는 했지만 노빈손의 관찰력과 아이디어가 없었다면 불가능한 일이었다.

"변호사님, 이제 우리가 재판에서 이길 수 있나요?"

"마지막 재판이 남았는데, 그날만 잘 방어하면 이길 수 있을 것 같습니다. 마지막까지 최선을 다해 보입시더. 그런 의미에서 파이팅 한번 할까예?"

송미연 변호사가 오른쪽 팔을 내밀자 노빈손도 오른팔을 내밀어 X자를 만들었다.

"하나 둘 셋, 파이팅!"

이 장면을 검은 양복의 남자가 약간의 거리를 두고 유심히 바라보고 있었다. 검은 양복의 남자는 곧 굳은 표정으로 법원을 빠져나와서 인적이 드문 곳으로 갔다.

"오늘 재판에서 또 변호인 측이 검찰의 주장을 깼습니다. 상황이 많이 불리합니다."

보고를 받은 단디 뽀사뿌라는 얼굴이 벌겋게 달아올랐다. 제 분을 이기지 못하고 씩씩대더니 급기야 휴대전화를 집어던졌다.

"이런 명… 멍청이들. 더… 더… 더 이상 봐주다 가는 일을 그르치고 말겠어. 가… 가… 갈고리눈 당장 들… 들… 들… 들어오라고 해."

단디 뽀사뿌라가 옆에 있던 부하에게 소리쳤고, 이내 한 남자가 들어왔다. 그 남자는 눈꼬리가 째져 위로 치켜 올라간 갈고리눈을 하고 있었다.

"부르셨습니까?"

"이 일은 네… 네…가 직접 나서서 해결해 줘… 줘야겠다. 이 녀석이 계속 우리 일을 방… 방… 방… 방해하고 있어. 이 노… 놈을 처치해."

단디 뽀사뿌라는 사진 한 장을 내밀었다.

"네, 형님! 명 받들겠습니다."

곧이어 단디 뽀사뿌라는 해외 쇼핑몰 사이트에 접속하더니 종이 한 장을 인쇄했다.

"웬만하면 이것까지는 사… 사…용하지 않으려고 해… 했는데. 이거 나… 나…강골 검사실에 보내. 누가 보냈는지 절… 절… 절… 절대 모르게 하는 거 잊지 말고."

노빈손에게 닥친 위기

이유석 사건을 돕기 시작한 뒤로 노빈손은 밤늦게까지 일을 하는 게 일상이 되었다. 오늘도 야근을 한 노빈손은 지하철역에서 내려 집으로 걸어가고 있었다. 몸은 고단했지만 자신의 노력으로 친구가 억울함을 풀 수 있다면 그보다 기쁜 일이 없다고 생각했다.

지난 재판을 잘 방어해서 기분이 한껏 들뜬 노빈손은 길을 걸으며 최고의 인기 걸그룹 '소녀걸스'의 노래를 듣고 춤을 따라하느라 엉덩이를 씰룩거렸다. 춤에 열중하던 노빈손은 앞에서 걸어오는 사람을 보지 못하고 부딪히고 말았다. 상대방의 가방이 떨어지면서 가방 안에 있던 물건이 쏟아졌다.

"죄송합니다."

노빈손은 주저앉아 떨어진 물건을 줍기 시작했다. 그러자 가방 주인은 재빠르게 주위를 살폈다. 후미진 골목이라 지나다니는 사람이 아무도 없었다.

"노빈손?"

물건을 줍고 있던 노빈손은 갑자기 이름이 불리자 깜짝 놀랐다. 어떻게 이름을 아느냐고 노빈손이 묻기도 전에 가방 주인은 손에 있던 전기충격기를 노빈손의 몸에 갖다 댔다.

"으아악."

노빈손은 짧은 비명을 내지르며 쓰러지고 말았다.

가방 주인은 갈고리 모양의 눈을 치켜뜨며 야비한 미소를 흘렸다.

다음 날 아침 10시, 송미연 변호사는 노빈손에게 전화를 걸었다.

"고객님이 전화를 받을 수 없어…."

들려오는 건 전화를 받을 수 없다는 녹음된 목소리뿐이었다.

'마지막 재판이 하루밖에 안 남았는데, 왜 연락도 없이 출근을 안 한 거지?'

전에 없던 일이라 송미연 변호사는 걱정이 되기 시작했다.

애가 타기는 이유손도 마찬가지였다. 전화를 걸고 문자 메시지를 보내도 노빈손은 답이 없었다. 갑자기 사라져 버린 것이다.

'빈손아, 도대체 어디 있는 거야?'

그 시각 노빈손은 화물용 컨테이너 박스 안에 실려 어디론가 가

이혼 전문변호사, 부동산 전문변호사…. 이런 직함을 본 적이 있을 거예요. 법은 그 종류도 많고 내용도 복잡해서 변호사라고 해서 모든 법을 다 잘 아는 건 아닙니다. 그래서 자신이 주로 다루는 분야를 개발하고 연구하여 전문화하는 '전문변호사'가 늘고 있답니다.

고 있었다.

깨어 나니 머리가 깨질 듯이 아팠다.

겨우 정신을 수습하고 주위를 둘러봤지만, 캄캄한 어둠뿐이었다. 덜컹거리는 것으로 봐서는 어딘가로 이동하고 있는 것이 분명했다. 문을 열어 보려 했지만 문은 굳게 닫혀 있었다.

노빈손은 기억나는 일들을 다시 곰곰이 떠올려 보았다. 집으로 걸어가고 있었는데 낯선 남자와 부딪혔고, 그 남자의 물건을 줍다가 전기충격기의 공격으로 정신을 잃었다. 그리고 지금은 어두컴컴한 곳에 갇혀 있다. 일련의 사건에서 알 수 있는 사실은 단 한 가지였다.

노빈손은 정체를 알 수 없는 악당에 의해서 납치가 된 것이다! 그리고 이렇게 어딘가로 끌고 간다는 건 아주 나쁜 일이 생길 거라는 뜻이었다.

*

"나 검사님, 우편물 왔어요."

검사실에서 근무하는 사무직원이 나강골 검사에게 황토색 종이 봉투를 건넸다.

"누가 보낸 건가요?"

"글쎄요, 겉에는 그냥 '제보자'라고만 되어 있는데요."

나강골 검사는 별 기대 없이 종이봉투를 뜯었다. 안에는 사진 한 장과 A4 크기의 종이 두 장이 들어 있었다. 첫 번째 종이에는 다음과 같은 짧은 문장이 쓰여 있었다.

— 이따이 사건을 해결하기 위한 결정적인 증거입니다.

봉투에 들어 있던 사진은 목도리를 찍은 사진이었다. 그리고 다른 한 장의 종이는 해외 인터넷 쇼핑몰에서 했던 이벤트 내용을 인쇄한 것이었다. 잘 모르는 사람이 보면 이 사건과 전혀 상관없다고 느낄 수도 있는 것들이었다.

그러나 나강골 검사는 찌릿찌릿한 느낌을 받았다. 오랜 검사 생활을 거치면서 체득한 나강골 검사 특유의 감에 따르면 이건 보통 물건이 아니었다. 나강골 검사는 미친 듯이 사건 기록을 다시 뒤지기 시작했다.

"그래, 그럼 그렇지."

나강골 검사는 씨익 미소를 지었다.

검찰의 결정적 한 방

나강골 검사는 눈이 퀭했다. 그도 그럴 것이 지난밤을 꼬박 새워서 재판을 준비했기 때문이다.

"김 기자님, 지금 분위기로 봐서는 피고인 측이 방어를 잘해서 재판이 피고인 측으로 기울 것 같은데, 어떻게 생각하세요?"

유 기자가 김 기자에게 물었다.

"그렇게 볼 수도 있지. 그런데 검찰도 만만히 봐서는 안 돼. 나강골 검사는 자타공인 대한민국 최고의 검사라고. 그것도 지금까지 한 번도 패한 적이 없는 신화적인 인물이라고."

"하지만 지금은 수세에 몰린 것 같은데요."

"난 생각이 달라. 이대로 재판이 맥없이 끝나지는 않을 거야. 오늘 검찰이 결정적 한 방을 날릴 것 같은 예감이 들어. 저 표정을 보라고."

나강골 검사는 알 듯 모를 듯한 미소를 슬며시 지었다.

"이제 재판도 상당히 진행되어서 검찰이나 피고인 측에서 추가로 제출할 증거나 새롭게 신청할 증인이 없으면 마무리를 지을까 합니다."

재판장의 말이 끝나기 무섭게 나강골 검사가 자리에서 일어났다.

"재판장님, 새롭게 제출할 증거가 있습니다."

"그게 뭔가요?"

"피해자를 살해한 도구로 사용된 목도리입니다."

살해 도구라는 말이 나오자 법정 안이 술렁였다. 송미연 변호사는 즉각 반발했다.

"그 목도리가 살해 도구라는 증거가 어디 있습니까?"

"좋은 질문입니다."

나강골 검사의 목소리에는 여유가 넘쳤다.

"사건 발생 직후 피해자의 코와 입에서는 작은 직물 조각이 발견되었습니다. 그리고 범행 현장에는 목도리가 있었는데, 피해자의 신체에서 발견된 직물 조각이 이 목도리의 일부임을 확인하였습니다. 그동안 이 목도리에 대해서는 크게 신경을 쓰지 않았는데, 최근 한 시민의 제보로 이 목도리가 피고인의 유죄를 입증해 줄 결정적인 증거라는 걸 알게 되었습니다. 이 목도리에 대해서 자세히 설명해 줄 사람을 증인으로 신청합니다."

증인으로 나온 사람은 그 목도리를 만든 의류회사의 수석 디자이너 '알랑가 몰라'였다. 알랑가 몰라는 마침 한국에서 열리는 패션쇼 참석을 위해 방한했다가 검찰의 요청으로 증인으로 나오게 된 것이다.

"알랑가 몰라 씨, 이 목도리에 대해서 설명해 주시겠어요?"

개인이 자신의 업무 처리만을 위한 개인 변호사를 고용할 수도 있답니다. 법과 관련 있는 업무이고 합법적인 일이라면 변호사를 고용해서 자신의 업무 처리를 맡길 수 있어요.

나강골 검사의 질문에 알랑가 몰라가 입을 열었다.

"이 목도리는 저희 브랜드에서 이벤트 목적으로 만든 것으로 전세계에 딱 열 개밖에 없는 한정판입니다. 그리고 그 열 개도 사용하는 소재와 디자인이 조금씩 달라서 개개의 목도리는 사실상 전세계에 딱 하나뿐이라고 할 수 있습니다."

"그럼 가격이 엄청 비싸겠네요?"

"저희 회사 제품을 사랑하는 고객들에게 드리는 선물 같은 것이라 매우 저렴한 가격에 판매하였습니다."

"판매는 어떻게 했나요?"

"회사 홈페이지를 통해서 선착순으로 신청을 하도록 했습니다."

"그럼 각 제품을 구매한 사람의 아이디를 조회하면 누가 구매했는지 정확하게 알 수 있겠네요."

"네, 그렇습니다."

알랑가 몰라가 말을 마치자 나강골 검사가 재판장을 바라보며 말했다.

"들으신 바와 같이, 세상에 하나밖에 없는 이 목도리를 주문한 사람이 바로 피해자를 살해한 범인입니다. 그래서 저희는 이 목도리를 주문한 사람의 아이디와 그 사람의 인터넷 IP 주소를 알아보았습니다."

이쯤에서 쐐기를 박아야겠다고 생각한 나강골 검사는 주변을 한 바퀴 돌아보았다. 자신의 입에서 나올 말을 매우 긴장된 표정으로 기다리고 있는 이유석이 보였다.

"범인의 아이디는 leeyouseok, 이유석이었습니다."

순간 법정 안이 또다시 술렁였다. 방청석에 앉아 있던 사람들은 자신들의 귀를 의심하며 서로 재차 확인했다.

"지금 검사가 뭐라고 했어?"

"이유석이라고 한 것 같은데?"

"이유석이라면 피고인 이름 아냐?"

법정이 소란스러워지자 재판장이 정리에 나섰다.

"방청석에 계신 분들은 조용히 하시고, 검찰은 주장을 계속하시죠."

"네, 재판장님! 좀 전에 많은 사람들이 이야기한 것처럼 그 아이디는 피고인의 이름인 이유석과 일치했습니다. 이것뿐만이 아닙니다. 각자의 집에 주소가 부여되어 있듯이 인터넷에 연결된 컴퓨터나 스마트폰에도 주소가 있습니다. 이걸 인터넷 프로토콜 어드레스(Internet Protocol address), 흔히 IP라고 부르는데, 이걸 확인하면 어떤 컴퓨터가 이 홈페이지에 접속했는지 정확하게 알 수 있습니다."

나강골 검사는 말을 잠시 멈추더니 이유석 앞으로 몇 걸음 걸어가서 종이 한 장을 내밀었다.

"이게 바로 목도리를 구입한 사람의 IP 주소입니다. 피고인의 집

주소와 일치합니까?"

나강골 검사는 사슴을 눈앞에 둔 사자처럼 강렬하게 이유석을 노려봤다.

"네…"

이유석이 겨우 들릴락 말락 한 작은 소리로 대답했다.

"피고인은 큰 목소리로 대답하세요."

나강골 검사는 호통에 가깝게 소리쳤다.

"저희 집 주소가 맞습니다."

"피고인도 피고인이 살해 도구인 목도리를 구입한 걸 인정했습니다. 즉 피고인이 이 목도리로 피해자를 살해한 것입니다."

나강골 검사는 이유석을 코너로 몰아세웠다.

나강골이라는 맹수의 발톱에 상처를 입은 이유석의 얼굴에 절망감이 드리워졌다. 그건 송미연 변호사도 마찬가지였다. 출구가 보인다고 생각했는데 다시 막다른 길에 부딪힌 것이다. 그리고 그 막다른 길 끝에는 꿈쩍도 하지 않는 거대한 벽이 있었다.

송미연 변호사가 충격을 받아 멍하게 있을 때, 재판장이 말했다.

"이것으로 피고인에 대한 재판을 마치고 변론을 종결하겠습니다. 판결 선고는 2일 뒤에 하겠습니다."

법정을 나서며 유 기자가 존경의 눈빛으로 김 기자를 바라봤다.

"역시 김 기자님 말씀이 맞네요. 나강골 검사가 중요한 순간에 한 방 먹였네요."

"나강골 검사가 보통 사람이 아니란 건 진작에 알고 있었지만 이번 재판을 보면서 나 검사가 왜 에이스 검사라는 소리를 듣는지 더욱 잘 이해하게 되었어."

"이제 검찰이 이겼다고 봐도 되겠죠?"

"그렇지. 아무리 송미연 변호사가 뛰어나도 이 상황을 뒤집기는 힘들 거야."

"나강골 검사를 상대로 만난 걸 불운으로 생각해야겠네요."

"이번 사건을 통해서 송 변호사도 많은 걸 배웠을 테니, 그걸로 위안을 삼아야겠지."

 궁지에 몰린 노빈손

그 시각 부산의 어느 항구 근처 허름한 창고 안에 노빈손이 갇혀 있었다. 바깥에서 떠들어 대는 사람들의 말소리가 들렸다.

"일본 가는 배 준비됐어?"

"화물선에 몰래 끼워 넣어야 하는데, 아직 배 준비를 못 했어. 시간이 좀 걸릴 것 같아."

"얼마나 걸려?"

"한 일주일 정도?"

"일주일이라고? 달랑 배 하나 준비하는데 왜 그렇게 오래 걸려?"

"지금 내가 고기잡이 어선 구하는 줄 알아? 사람 밀항시키는 배 구하는 게 쉬운 일인 줄 아나 본데, 그럼 네가 구해 보든지."

"아무튼 단디 뽀사뿌라 형님이 불같이 화내기 전에, 얼른 구해."

"그 형님 성격은 내가 더 잘 아니까 잔소리하지 마."

"난 오늘 다시 서울 올라갈 거니까 뒷마무리는 네가 해."

두 사람이 어찌나 큰 소리로 이야기하는지 노빈손도 두 사람의 대화를 들을 수 있었다. 대화를 통해서 이따이 사건은 한 사람의 소행이 아니라 최소 세 명이 연관되어 있다는 것과 악당 대장의 이름이 '단디 뽀사뿌라'라는 것을 알 수 있었다.

그리고 놀라운 사실도 알게 되었다. 두 사람 중 한 사람의 목소리는 노빈손과 부딪힌 뒤 노빈손을 기절시킨 사람, 즉 갈고리눈의 목소리였다. 그리고 다른 한 사람의 목소리는 많이 들어 본 목소리 였다. 분명 아는 사람인 것 같았다.

창고의 창문 틈 사이로 목을 쭉 뺀 노빈손은 그 사람의 정체를 알아차리고는 소스라치게 놀랐다. 어찌나 놀랐는지 하마터면 고함을 지를 뻔했다.

'날 납치한 악당과 왜 저런 이야기를 하는 거지?'

노빈손이 아는 한 저 사람은 이 장소와 전혀 어울리지 않는 사람이었다. 덩달아 노빈손의 머리가 복잡해졌다. 하지만 당장 시급한 일은 이곳에서 탈출하는 것이었다. 문제는 방법이었다.

'아, 그렇지!'

노빈손은 할머니의 마법사탕을 떠올렸다. 주머니를 뒤져 보니 다행히 사탕 하나가 남아 있었다.

사탕의 겉 봉지에는 물음표가 그려져 있었다. 지금까지 먹었던 사탕과는 달랐다. 겉 봉지에 모래시계가 그려져 있던 사탕은 과거로 시간여행을 가능하게 했고, 사람의 눈 모양이 그려져 있던 두 번째 사탕은 시력을 매우 좋게 만들어 주었는데, 이번에는 짐작을 할 수 없었다.

하지만 이것저것 따질 상황이 아니었다. 뭐든 할 수 있는 걸 해야 했다. 행운을 기대하며 사탕을 입에 넣자, 지난번처럼 몸이 부

변호사들은 다양한 분야에서 일을 하는데 스포츠 분야에서도 활약하고 있어요. 예를 들면, 세계적인 기량을 가진 한국의 스포츠 선수들을 도와주는 '에이전트' 라는 사람이 있어요. 선수를 대신해 구단과 연봉 협상을 하고 입단, 이적, 광고 출연 등을 담당하는 대리인이 바로 에이전트인데, 이 일을 변호사들이 맡아서 계약이라든지 연봉 협상이라든지 중요한 일을 대신 처리해 주기도 합니다.

르르 떨렸다.

　그런데 뭐가 달라진 것인지 알 수가 없었다. 시간도 그대로, 장소도 그대로였다. 시력이 좋아진다든지 하는 변화도 없었다. 잠시 뒤에 몸의 변화가 느껴졌다. 갑자기 졸음이 쏟아진 것이다. 아무리 눈을 뜨려고 노력을 해도 자꾸만 눈이 감겼다. 마치 눈에 무거운 쇳덩이라도 달아 놓은 것 같았다. 몸의 힘도 쭉 빠졌다. 바람 빠진 풍선처럼 몸이 축 늘어졌다.

　그 사탕은 힘을 빼고 깊은 잠에 빠져들게 하는 힘이 있다는 걸 노빈손은 몰랐던 것이다. 정신이 점점 혼미해져 갈 때쯤에야 노빈손은 사탕을 줄 때 할머니가 했던 말이 떠올랐다.

　"별건 아니지만 힘들고 괴로운 일 있을 때 먹으면 도움이 될 거야. 근데 사탕을 한꺼번에 먹으면 안 돼. 부작용이 있을 수도 있으니 조심하고."

　노빈손은 자신의 힘으로 뭔가를 해 보려 하지 않고 사탕에만 의지해서 요행을 바랐던 걸 후회했다. 하지만 이제 와서 후회해 봐야 소용없었다.

　'이젠 정말 끝인가 봐. 유석아, 정말 미안해. 내가 꼭 너의 누명을 벗겨 주고 싶었는데, 난 여기까지인가 봐.'

　노빈손의 정신이 점점 희미해져 갈 때 아련하게 밖에서 소리가 들렸다.

"짜장면 시키신 분!"

"어이, 철가방 여기야, 여기!"

중국집 배달원은 철가방에서 음식을 꺼냈다.

배달원이 짜장면 값을 받고 돌아가려 하는데 배에서 이상한 소리가 났다.

꾸르룽 꾸르룽.

배달원은 배를 쓰다듬었다. 뭘 잘못 먹었는지 아까부터 계속 속이 이상했지만 배달을 다니느라 화장실을 가지 못하고 있었는데, 더 이상은 참을 수가 없었다. 느낌상 지금 당장 화장실에 가야 했다. 안 그러면 큰일이 날 수도 있었다.

"아저씨, 여기 화장실 없어요?"

갈고리눈은 배가 고팠던 까닭에 음식을 받자마자 게걸스럽게 먹어 댔다.

"저쪽으로 가 봐."

음식을 입 안 가득 넣고 웅얼거렸다.

"저쪽 어디요?"

"아, 거 되게 성가시게 하네. 네가 알아서 찾아가라고."

갈고리눈이 짜증을 내자, 더 이상 물을 수 없었다. 어디로 가야 하는지 알지 못한 중국집 배달원은 건물 이곳저곳을 헤맨 뒤에야 겨우 화장실을 찾았다.

제가 변호사 일을 하며 어려웠던 사건 중의 하나는 의뢰인이 거짓말을 한 경우였어요. 범죄를 저지르지 않았는데 겁이 난 나머지 경찰 조사 과정에서 사소한 거짓말을 한 거예요. 거짓말이 발각되자 경찰, 검찰, 판사는 의뢰인의 말을 믿어 주지 않았고 결국 의뢰인은 벌을 받고 말았답니다.

판결 선고일

"피고인 이유석 나오세요. 지금부터 판결 선고를 하겠습니다."

재판장이 법정의 침묵을 깨고 말했다. 이유석은 눈을 감았다. 긴장한 탓인지 손이 심하게 떨리고 심장이 쿵쾅거렸다. 제발, 제발!

재판장은 담담하게 판결문을 읽어 나갔다.

"피고인은 피해자를 죽이지 않았다고 주장하나, 검찰이 제출한 증거에 따르면 피고인이 피해자 이따이를 잔인한 방법으로 살해한 것으로 판단됩니다. 그런데도 피고인은 반성하지 않고 범인이 아니라고 우기고 있습니다. 이에 본 재판부는 피고인에게 징역 30년을 선고합니다."

청천벽력 같은 소리에 이유석은 그 자리에 털썩 주저앉았다. 어디서 나타났는지 교도관 두 명이 이유석을 번쩍 들어서 법정에서 끌어냈다. 법정 문을 열고 나가자마자 바로 교도소가 나타났다. 좁고 갑갑한 독방이었다. 30년 동안 이곳에서 갇혀 지내야 한다고 생각하니 몸서리가 쳐졌다. 안 돼~~~.

놀라서 깨어 보니 다행히 꿈이었다. 이유석은 놀란 마음을 진정시키며 다시 눈을 감았지만 잠은 오지 않았다.

꿈이 아닌 현실 세계에서의 판결 선고가 시작되기 직전, 이유석이 재판정으로 들어섰다. 옅은 초록색이 감도는 수의를 입은 이유석은 살이 많이 빠져 수척한 모습이었다. 그리고 이유석의 눈에는 불안함이 가득했다. 이유석은 떨리는 마음으로 방청석으로 시선을 옮겼다. 엄마와 이유손 역시 긴장한 모습으로 앉아 있었다. 그러나 노빈손은 보이지 않았다.

'아, 이제 정말 끝이구나. 그동안 온 힘을 다해서 나를 돕던 빈손이도 결과가 나올 때가 되니, 어딘가로 사라져 버렸구나. 최악의 결과를 직접 지켜보기가 힘들어서 그랬겠지.'

이유석은 자포자기하고 말았다. 이유석의 옆에 앉아 있던 송미연 변호사의 표정도 매우 침울했다. 그에 반해 나강골 검사는 승리를 예감한 듯 득의만만한 표정을 짓고 있었다.

방청석 구석에 앉아 판결 결과를 보고할 준비를 마친 검은 양복의 남자도 들떠 있었다. 사무실에서 판결 선고를 기다리고 있는 단디 뽀사뿌라의 얼굴에선 웃음이 떠나질 않았다.

'이제 이유석도 끝장이군. 한국과 일본의 우호적인 관계도 박살날 거고. 내가 계획했던 대로 모든 일이 술술 풀리는구나. 감히 누가 이 단디 뽀사뿌라의 일을 방해할 수 있겠어? 음하하하하하하.'

판결 선고를 하기 전에 재판장은 옆에 앉아 있는 정 판사를 바라보았다. 정 판사는 이 사건의 주된 담당자인 주심판사였다. 재판장은 정 판사에게 눈빛으로 물었다.

중요한 사건은 세 명의 판사들이 '합의부'를 구성하여 재판을 하게 됩니다. 이때 재판을 진행하는 판사가 '재판장'이고, 재판장이 재판을 잘 진행할 수 있도록 돕고 실제 판결문을 쓰는 판사가 '주심판사'입니다.

'어제 논의한 대로 판결 선고를 해도 문제 없겠지요?'

'네, 재판장님!'

옆자리에 앉은 정 판사가 조용히 고개를 끄덕였다.

판결 선고가 있기 하루 전날, 주심판사인 정 판사는 판결문을 작성하느라 저녁 늦게까지 사무실을 지키고 있었다. 저녁 10시가 막 넘어가고 있는데 재판장이 들어왔다.

"이유석의 판결문 쓰느라 고생 많죠?"

"쟁점도 많고 여러 사람들이 관심을 많이 가지고 있는 사건이라 쉽지는 않습니다."

"지금까지의 재판 진행 또는 사건의 기록을 통해서 판단했을 때, 정 판사는 피고인이 유죄라고 생각해요, 아니면 무죄라고 생각해요?"

정 판사는 골똘히 생각했다.

"생각이 계속 왔다 갔다 했습니다. 검찰의 말을 들으면 피고인이 유죄인 게 확실하구나 생각이 들다가도 변호인의 주장을 들으면 무죄인 건 아닌가 하는 생각이 들기도 했거든요. 그런데 마지막에 검찰의 주장을 듣고 나니, 판단이 섰습니다. 재판장님께서는 어떻게 생각하세요?"

"저도 정 판사랑 비슷했어요. 이번 재판은 검찰과 변호인이 모두 훌륭하게 변론을 했지만, 아무래도 마지막 재판 때 검찰이 내세운 증거가 워낙 강했죠."

재판장은 고개를 끄덕인 후 방문을 나섰다.

"판결 선고를 시작하겠습니다."

재판장이 입을 떼자 법정 안은 쥐 죽은 듯이 조용해졌다. 어찌
나 조용한지 옆 사람의 숨소리마저 들릴 것 같았다.

"이 재판은, 피고인 이유석이 피해자 이따이를 살해한 범인이 맞
는지를 가리기 위한 것입니다. 검찰은, 피고인 이유석이 피해자 에
나로 이따이의 목을 졸라 살해하였다는 이유로 공소를 제기하였
고 피고인 이유석은 그런 사실이
없다며 무죄를 주장하고 있습니다.
이에 대해서 본 재판부는 다음과
같이 판결을 선고합…"

"잠깐만요!"

갑자기 법정 출입문이 벌컥 열렸다. 다급하게 소리치며 법정으로 들어온 건 바로 노빈손이었다. 얼마나 열심히 뛰어왔는지 얼굴은 땀범벅이었다.

"무슨 일인가요?"

"재판장님… 범인은… 피고인이… 아니라… 다른… 사람이…라는 증거가 있습니다."

노빈손은 너무 숨이 가빠서 말을 띄엄띄엄했다.

재판장의 고민

어딘가로 사라졌던 노빈손이 갑자기 나타나서 증거 이야기를 하자 송미연 변호사는 당혹감을 감추지 못했다. 그동안 무슨 일이 있었는지 궁금했지만 우선은 재판을 이기는 것이 급선무였다. 어찌된 영문인지 모르지만 노빈손이 저렇게 확신에 차서 말하는 걸 보면 뭔가 있기는 한 모양이었다. 하지만 확신을 할 수는 없었다.

법정에서 어떤 말을 하고 어떤 행동을 할지는 충분히 검토를 거쳐야 한다. 섣불리 결정하고 즉흥적으로 행동하다 보면 오히려 불리한 사실을 말해 버리거나 해서는 안 되는 행동을 하는 경우가 종종 있기 때문이다. 그래서 이런 주장을 하면 상대방이 어떻게 나올 것이고 그에 대한 재반박은 어떻게 할 것이다, 라는 식의 대응 방법까지 나와야, 비로소 어떤 주장을 할 수 있는 것이다.

'어떻게 해야 할까?'

송미연 변호사는 노빈손이 지금 뭘 하려고 하는지 전혀 알 수가 없었다. 노빈손은 유리하다고 생각하지만 잘못하면 이유석에게 더 불리한 결과를 가져올 수도 있었다.

송미연 변호사는 노빈손을 바라봤다.

'빈손 씨, 자신 있어요?'

'네, 변호사님! 저를 한번 믿어 주세요.'

174

판결을 내릴 수 있을 만큼 충분하게 재판이 이루어지고 나면 이제 그만 재판을 마무리하겠다고 선언하는데 그걸 '변론종결'이라고 합니다. 그리고 이미 마무리된 재판을 다시 시작하는 걸 '변론재개'라고 하죠.

두 사람은 말없이 눈빛으로 의사소통을 했다.

송미연 변호사는 노빈손을 믿어 보기로 했다.

"재판장님, 재판 진행에 관해 한 가지 드릴 말씀이 있습니다. 오늘 판결 선고가 예정되어 있기는 하나, 선고를 하시기 전에 한 가지 증거만 더 검토하여 주시기를 간곡히 부탁드립니다."

이대로 가면 자신의 승리라는 것을 아는 나강골 검사가 가만있을 리 없었다.

"재판장님, 판결 선고하는 날 새롭게 증거를 내는 건 말이 되지 않습니다. 이미 지난번 재판일에 이 재판은 마무리가 되었고, 오늘은 법원이 선고를 하는 날입니다."

나강골 검사는 어느 때보다 강한 어조로 이야기했다. 송미연 변호사도 그냥 물러설 수 없었다.

"형사소송법 제305조를 보면, '법원은 필요하다고 인정한 때에는 직권 또는 검사, 피고인이나 변호인의 신청에 의하여 결정으로 종결한 변론을 재개할 수 있다'라고 분명하게 규정되어 있습니다. 지금 저희가 제출하려고 하는 것은 이 사건의 실제 범인이 누구인지를 보여 주는 결정적인 증거이므로, 판결 선고를 하기 전에 반드시 살펴보아야 합니다."

"변호인은 실제로 결정적인 증거를 가지고 있지도 않으면서 괜히 시간을 끌려고 하는 겁니다. 만약 그런 증거가 있었다면 진작에 제출을 했어야 합니다."

"저희도 지금 막 그 증거를 확보해서 제출할 시간이 없었습니다."

"그건 변호인 측의 잘못입니다."

송미연 변호사와 나강골 검사가 한 치의 양보도 없는 열띤 공방을 벌이는 사이 재판장은 심각한 얼굴로 고민을 하더니 좌우에 있는 판사들과 작은 목소리로 이야기를 나눴다. 소리가 워낙 작아 무슨 대화를 나누는지 알 수 없었지만 분위기는 심각했다.

"이건 워낙 중요한 문제라 지금 바로 이 자리에서 결정을 내리기는 쉽지 않을 것 같습니다. 10분간 휴정한 뒤에 다시 재판을 시작하겠습니다."

상황을 흥미롭게 지켜보던 유 기자가 물었다.

"김 기자님, 휴정이 뭔가요?"

"쉴 휴(休), 조정 정(廷), 재판을 잠깐 쉰다는 말이지."

"휴정하는 건 처음 보는데요."

"휴정은 보통 중요한 결정을 내려야 하거나 재판이 너무 길어져 잠시 휴식을 취할 때 하는데, 쉽게 휴정을 하지는 않지."

"그만큼 결정을 내리기 어렵다는 말이겠죠?"

"그렇지. 재판장이 어떤 결정을 하느냐에 따라 피고인이 마지막 기회를 얻을 수 있는지, 아니면 그 기회가 날아가는지가 달렸으니까."

판사들이 모두 퇴장하자 비로소 노빈손은 송미연 변호사와 인사를 나눴다.

"아이고, 빈손 씨. 그동안 뭔 일이 있었기에 그리 연락도 안 되고 그랬십니꺼? 갑자기 연락이 안 되어 갖고 내가 마~ 걱정하느라 밤에 잠도 잘 몬 자고, 올매나 걱정했는지 압니꺼? 얼굴이랑 옷은 또 와 이런데예? 오데 다친 데는 없어예?"

송미연 변호사는 속사포로 질문을 쏟아 냈다.

"변호사님, 질문이 너무 많아서 한꺼번에 다 대답하기도 힘드네요. 지난 일은 이따 재판 끝나고 천천히 이야기하기로 하고, 일단은 재판에만 집중하죠."

"그라입시더. 근데 아까는 무조건 빈손 씨 믿고 확실한 증거라카긴 했는데, 증거라는 게 도대체 뭡니꺼?"

"그게 뭐냐면요…"

노빈손은 혹시 누가 들을까 봐 송미연 변호사에게 다가가 귓속말로 전했다.

"예? 그게 진짭니꺼?"

송미연 변호사는 화들짝 놀랐다.

마지막 증거

송미연 변호사의 눈이 놀란 토끼처럼 커졌을 때, 재판장이 들어왔다.

세 명의 판사가 논의를 한 10분이라는 시간이 이유석에게는 영원처럼 길게 느껴졌다. 드디어 재판장이 입을 열었다.

"세 명의 판사들 사이에서도 의견이 엇갈려서 열띤 토론을 했습니다. 피고인의 증거 신청을 받아들일지에 대한 저희의 판단을 말씀드리겠습니다."

많은 사람들이 숨죽이며 재판장의 다음 말을 기다렸다.

"재판은 정해진 순서에 따라 진행됩니다. 그동안 검찰과 피고인 측이 모두 충분히 증거를 제출했고 다양한 주장을 펼치기도 했습니다. 그리고 오늘은 검찰의 주장대로 새롭게 증거를 받고 검토를 하는 날이 아니라, 판결 선고를 하는 날입니다. 피고인이 요구한다고 해서 모든 증거를 받아들인다면, 재판은 무한정 이어져서 끝이 나지 않을 수 있습니다. 그건 사회적 자원을 낭비하는 일이기도 합니다. 따라서 재판은 정확하게 이루어져야 하며 충분한 공방이 있고 나면 적절한 때에 끝내는 것이 맞습니다. 그런 측면에서 증거를 받아들이지 않아야 한다는 검찰의 주장이 일리가 있습니다."

'아, 이렇게 그냥 끝나고 마는 것인가?'

 엔터테인먼트 분야에서도 변호사들이 활약하고 있어요. 방송사와의 출연 계약, 연예인 기획사와의 전속 계약, 광고 계약, 초상권이나 저작권과 관련된 분쟁들을 법적인 관점에서 해결하는 것이 변호사의 역할입니다. 한편 국내 3대 기획사 중의 한 회사는 아예 변호사 출신이 부사장을 맡아서 회사 업무를 챙기고 있기도 하죠.

노빈손은 절망감을 느꼈다. 그에 반해 나강골 검사의 얼굴에는 슬며시 웃음이 번지기 시작했다.

잠시 말을 멈췄던 재판장이 다시 입을 열었다.

"하지만… 형사소송의 가장 중요한 목적은 실체적 진실을 발견하는 일, 즉 피고인이 범죄를 저질렀는지 여부를 알아보는 것입니다. 재판을 신속하게 끝내려고 충분히 증거를 살피지 않는다면 억울한 사람이 처벌을 받는 비극이 발생할 수 있습니다. 무고한 사람의 처벌을 막는 것이 형사소송을 맡은 법관의 주된 역할입니다. 따라서 변론이 종결되었다고 하더라도 결정적인 증거가 있으면 다시 변론을 재개해서 증거를 면밀히 검토해 보는 것이 맞습니다. 그래서 본 재판부는 이미 마무리된 재판을 다시 열어서 피고인 측에게 증거 제출의 기회를 주고자 합니다."

노빈손, 송미연 변호사는 속으로 쾌재를 불렀다.

"피고인 측의 증거는 무엇인가요?"

재판장의 질문에 송미연 변호사가 대답했다.

"사건이 발생할 당시 현장의 상황을 녹음한 음성 파일입니다. 이 파일을 들어 보면 피해자를 살해한 진짜 범인이 누구인지 알 수 있습니다."

방청석은 다시 한 번 술렁였다.

"음성 파일이라고?"

"그럼 피고인 말고 진짜 범인이 따로 있다는 말이야?"

역시나 놀란 재판장이 송미연 변호사에게 침착하게 물었다.

"피고인 측의 말이 사실이라면 굉장히 중요한 증거가 될 수 있겠군요. 어떻게 증거를 확인해야 할까요?"

"먼저 녹음 파일을 한번 들어 보기를 희망합니다."

송미연 변호사가 말하자 나강골 검사가 나섰다.

"녹음 파일은 녹음된 내용이 어떤 내용인지를 문자로 적어 놓은 문서, 즉 녹취록을 먼저 제출해야 합니다."

나강골 검사는 끝까지 포기하지 않고 있었다.

"지금은 녹취록을 만들 시간이 없습니다. 그리고 형사소송규칙 제138조의8 제3항에서 '녹음·녹화매체 등에 대한 증거 조사는 녹음·녹화매체 등을 재생하여 청취 또는 시청하는 방법으로 한다'라고 규정해 놓고 있으니, 지금 바로 녹음 파일을 재생하는 것도 가능합니다."

나강골 검사가 더 이상 반박을 하지 못하자, 송미연 변호사는 노빈손에게 신호를 줬다.

노빈손은 주머니에서 볼펜을 꺼내 스피커에 연결시켰다.

(벨소리)

— 누구세요?

어떤 사건이나 상황을 재생할 수 있도록 음성으로 녹음하거나 비디오로 촬영하는 등의 방법으로 기록해 둔 것을 경찰, 검찰, 법원 등 수사기관이나 사법기관에 증거로 제시할 때는 녹음이나 촬영물을 직접 제출하지 않고 녹음된 내용을 글로 적어서 제출해야 하는데요, 이걸 녹취록이라고 해요.

룸서비스입니다.

— 전 룸서비스 시킨 적이 없는데요.

이건 저희 호텔에서 투숙객들에게 드리는 특별 서비스입니다.

(문이 열렸다 닫히는 소리, 누군가 안으로 들어오는 소리)

— 음식은 저기 놓아 주세요.

(잠시 뒤 얼굴을 철썩 때리는 소리에 이어 날카로운 고함 소리)

— 아아악. 지금 뭐하는 거예요?

너에게 악감정은 없지만 큰일을 이루기 위해서 넌 죽어 줘야겠어.

(숨 막혀서 괴로워하는 소리)

"방금 들으신 것처럼 이 녹음 파일에 나온 사람이 이따이를 해친 실제 범인입니다. 피고인! 좀 전의 녹음 파일에서 나온 것처럼 '룸서비스입니다'라고 말해 보세요."

이유석은 송미연 변호사가 시키는 대로 했다.

"지금 들으신 것처럼 범인의 목소리와 피고인의 목소리는 확연히 다릅니다."

변론을 마친 송미연 변호사는 자리에 앉았다.

"새로운 증거가 나와서 아무래도 지금은 판결 선고를 할 수 없겠습니다. 판결 선고를 일주일 뒤로 미루겠습니다."

재판장은 짧게 말을 마친 뒤 법정을 나갔다.

어떻게 된 일인가 하면

노빈손이 납치되던 날로 돌아가서….

사탕을 먹고 오히려 힘이 빠진 노빈손은 잠자듯 창고 바닥에 쓰러져 있었다. 한참을 널브러져 있던 노빈손에게 귀에 익은 소리가 들렸다.

"빈손아."

자신을 흔들어 깨우고 있는 사람은 다름 아닌 이유손이었다.

"유손아, 네가 어떻게 여기에?"

노빈손과 갑자기 연락이 끊어지자 이유손은 노빈손에게 사고가 생겼다는 걸 직감적으로 알았다. 전화도 받지 않는 노빈손을 찾을 방법을 고민하던 이유손은 자신의 블로그를 이용하기로 했다. 이웃 블로거만 해도 10만 명이 넘는 이유손은 블로그에 노빈손의 사진과 인상착의를 적어서, '[긴급] 이 사람을 꼭 찾아 주세요'라는 제목의 글을 올렸다.

블로거들은 전국에 포진해 있었다. 부산 항구 근처의 중국집에서 배달 일을 하는 한승우도 이유손의 블로그를 자주 찾는 사람 중 한 명이었다.

'평소에는 맛집 위주로 올리더니, 웬일로 사람 찾는 게시글을 올렸지?'

의아해하던 한승우는 음식 배달을 갔다가 갇혀 있는 노빈손을 발견했다. 손님에게 음식을 전달하고 나오면서 화장실을 찾아 건물 안을 헤매던 한승우는 우연히 창고 안에 누워 있는 노빈손을 보게 된 것이다. 노빈손을 알지는 못했지만 노빈손의 외모가 워낙 특이해서 한 번에 이유손이 블로그로 찾고 있던 사람이란 걸 알 수 있었다. 깜짝 놀란 한승우가 이유손에게 연락을 했다.

잠시 뒤, 한승우는 다시 갈고리눈을 찾았다.

"그릇 가지러 왔습니다. 그리고 이건 저희 사장님이 이번에 새로 개발한 메뉴인데, 한번 시식해 보라고 드리는 겁니다."

"웬일로 그 짠돌이 사장이 인심을 다 쓴대?"

공짜 음식을 받아 든 갈고리눈과 일당은 정신없이 음식을 먹어 치웠다. 그런데 잠시 후 뱃속에서 뱃고동 소리가 들리더니 요동을 치기 시작했다. 꾸르릉~ 꾸르릉. 얼굴이 허예진 갈고리눈은 배를 움켜쥐고 화장실로 달려갔다. 뒤를 이어 일당들이 줄줄이 화장실로 직행했다.

"아이고 배야."

뒤에서 그 광경을 보고 있는 사람은 다름 아닌 이유손이었다. 이유손은 설사약을 손에 들고 씨익 웃었다.

휴대전화의 친구 찾기 어플리케이션을 통한 마지막 위치 추적 결과로 노빈손의 최종 위치가 부산이라는 것까지는 알고 부산에 머무르고 있던 이유손은 한걸음에 제보 장소로 달려온 것이다.

갈고리눈과 일당이 화장실에서 변기를 부여잡고 있는 동안 이유손과 한승우는 창고에서 노빈손을 빼냈다.

"고마워, 유손아. 네 덕에 살았어."

"어디 다친 데는 없어?"

"응, 괜찮아."

변호사는 공적인 분야에서도 열심히 일하고 있습니다. 정부기관, 공기업, 국회 등의 공공 분야에서 정책을 만들거나 집행하고, 법을 만드는 일을 돕기도 합니다. 또한 시민 단체에서 일하며 사회 문제를 해결하기 위한 노력을 아끼지 않는 변호사들도 많이 있죠.

"빨리 여기에서 벗어나자."

창고에서 탈출하기 직전, 노빈손은 이유손을 불러 세웠다.

"유손아, 잠깐만! 네 휴대전화 좀 빌려 줄래?"

"그건 왜?"

"나중에 얘기해 줄게."

노빈손은 이유손의 휴대전화를 받아 들고 어딘가로 사라졌다가 이내 돌아왔다.

마지막으로 해야 할 일

노빈손이 서울에 오자마자 향한 곳은 바로 사건이 발생한 고신 호텔이었다. 방전되어 있던 휴대전화를 충전하니 50여 통의 부재중 전화가 와 있었는데 낯선 전화번호가 10번이나 찍혀 있었다. 그 전화번호의 주인을 만나기 위해 달려온 것이다.

"빈손아, 왜 이렇게 연락이 안 되었어?"

노빈손이 만나러 온 사람은 장옥정 여사였다.

"전에 유석이와 관련된 게 나오면 알려 달라고 했지? 내가 이상한 걸 발견했는데, 이게 도움이 될 수도 있을 것 같구나."

"그게 뭔데요?"

장옥정 여사는 볼펜처럼 생긴 걸 내밀었다.

이따이의 사건이 발생하기 전날, 장옥정 여사는 볼펜 모양의 소형 녹음기를 잃어버렸다. 그 뒤 온갖 곳을 다 뒤지며 녹음기를 찾아 다녔지만 보이지 않았다. 그러다 바로 어제 사건 현장을 대청소하려고 이따이 방의 소파 시트를 벗기다가 녹음기를 발견했다. 소파 시트와 등받이 사이의 좁은 공간에 빠져 있었던 것이다.

"녹음기를 찾고 나서 녹음된 걸 들어 보니, 이상한 소리가 들어 있더라고."

노빈손에게 그동안의 일을 다 들은 송미연 변호사는 노빈손이 대견하고 또 고마웠다.

"엄청 많은 일을 겪었네예. 아무튼 빈손 씨 아니었으모 이 재판은 맥없이 지고 말았을 깁니더. 빈손 씨, 뭐 묵고 싶은 거 없십니꺼? 오늘은 말만 하이소, 내가 다 사끼니까."

송미연 변호사가 만면에 웃음을 띠고 말했다. 그러나 노빈손이 고개를 가로저었다.

"변호사님, 아직 완전히 끝난 게 아닙니다. 마지막으로 해야 할 일이 남아 있어요."

"그게 뭔데예?"

"진짜 범인을 잡아야지요."

"범인이 누군지 안다는 말입니꺼?"

송미연 변호사의 눈이 휘둥그레졌다.

"알고 있지요. 아마 유석이도 목소리를 듣고 나서 범인이 누군지 알아챘을 겁니다."

"그라모 혹시 그 범인이 이유석 씨도 아는 사람입니꺼?"

"네, 잘 아는 사람이죠."

재판이 끝난 뒤에 구치소로 돌아온 이유석은 검찰이 증거로 제출한 목도리에 대한 의문을 해결할 수 있었다. 녹음 파일 속의 목소리를 듣고 나서, 어떻게 살인 도구가 자신의 이름으로 구입된 건지를 알게 된 것이다.

그날은 일요일이었는데, 여느 때처럼 친한 형이 이유석의 집에 놀러와 있었다.

"유석아, 나 잠깐 컴퓨터 좀 써도 돼?"

"네, 편하게 쓰세요."

이유석이 TV를 보고 있는 동안, 그는 방에서 컴퓨터를 사용했다.

"유석아, 너 해외 쇼핑몰에서 물건 직접 구매하는 거 해 본 적 있지?"

"가끔 하죠."

"필요한 게 있어서 그러는데 네 아이디 좀 빌려 쓰면 안 될까?"

그랬다! 그때 아무 생각 없이 아이디를 빌려준 게 생각났다. 그리고 며칠 뒤에 택배가 왔을 때 안에 든 물건이 뭔지 확인하지도 않고 그 형에게 전달해 준 것이다. 이유석은 순한 인상의 형을 떠올렸다.

'설마! 착하고 순한 형이….'

그 형은 바로, 이유석과 호텔에서 같이 일하던 양순동이었다.

 ## 뚫는 자와 뚫기는 자

법정에서 재판 상황을 염탐하던 검은 양복의 남자는 재판의 형세가 급격하게 불리해지자 아무도 모르게 법정을 빠져나왔다. 그러고는 재빨리 단디 뽀사뿌라에게 전화를 걸었다.

"형님, 큰일났습니다. 얼른 몸을 피하셔야겠습니다."

"무… 무… 무…슨 일이 생… 생… 생긴 거야?"

단디 뽀사뿌라는 평소보다 더 심하게 말을 더듬었다.

"지금은 설명드릴 시간이 없습니다. 일단 대피부터 하십시오."

일이 틀어졌으니 몸을 피해서 대피 장소로 즉각 모이라는 지시가 양순동과 갈고리눈에게도 전달되었다.

 보다 시야를 넓히면 변호사는 국제 무대로 진출할 수 있어요. 국제연합(UN), 국제노동기구(ILO), 세계무역기구(WTO), 국제사법재판소(ICJ) 등은 전 세계적인 문제를 다루는 국제기구라 할 수 있는데요. 나라마다 법이 다르긴 하지만 '법'이 필요한 건 어디에나 마찬가지여서 국제기구에서도 많은 변호사들이 일을 하고 있답니다.

노빈손의 신고를 받고 경찰은 신속하게 고신 호텔로 출동했다. 호텔에 도착하자마자 경찰관 두 명은 레스토랑으로 돌진했다.

"경찰이다."

두 명의 경찰관은 문을 박차며 멋지게 등장했지만 양순동은 없었다. 그 시각 양순동은 뒷문을 통과하여 있는 힘껏 도망치고 있었다. 양순동은 지하 주차장에 도착해서야 숨을 골랐다.

"하마터면 큰일 날 뻔했어."

양순동은 자동차에 올라타서 시동을 걸고 액셀러레이터를 밟았다. 하지만 차가 제대로 움직이지 않았다. 차에서 내려 보니 타이어의 바람이 모두 빠져 있었다. 양순동은 눈치채지 못했지만 지하 주차장 구석에서 이유손이 커다란 못을 들고 서 있었다.

레스토랑에서 허탕을 친 경찰들이 이유손의 제보를 받고 지하 주차장으로 곧장 달려와 양순동을 검거했다.

양순동은 "단디 뽀사뿌라가 시킨 대로 했을 뿐이다"라고 경찰에게 털어놓았다. 그러나 단디 뽀사뿌라의 행방은 오리무중이었다. 경찰들은 단디 뽀사뿌라를 찾기 위해 총동원되었다.

단디 뽀사뿌라와 갈고리눈은 서울과 경기도의 경계에 있는 어느 외진 커피숍에서 은밀하게 만났다.

"형님, 양순동이 연락이 되지 않습니다. 어떻게 할까요?"

단디 뽀사뿌라는 망설임 없이 말했다.

"양순동은 버린다! 괜히 어설프게 굴다간 다 죽는 수가 있어. 일단 몸을 피한 뒤에 다시 훗날을 도모하자. 비행기 표는 준비됐나?"

"네. 급하게 준비하느라 고생을 하긴 했지만, 무사히 구했습니다. 김포공항에서 타시면 됩니다."

"혹시 출국금지명령이라도 떨어진 거 아냐?"

"그럴 줄 알고, 위조 여권이랑 신분증 다 준비해 놨습니다."

"그럼, 출발하지!"

단디 뽀사뿌라와 갈고리눈은 위조 여권으로 재빠르게 출국 수속을 마친 뒤에, 김포공항의 구석진 곳에 앉아 있었다. 혹시 눈에 띌까 염려하여 최대한 튀는 행동을 자제했고, 모자와 안경을 써서 원래 모습과는 다르게 변장도 했다.

"도쿄행 4시 30분 비행기를 타시는 승객 여러분께서는 지금 즉시 6번 게이트로 와 주시길 바랍니다. 다시 한 번 안내 말씀 드립니다…."

안내 방송이 나오자, 단디 뽀사뿌라는 6번 게이트를 통과하여 비행기 좌석에 앉아 안도의 한숨을 쉬었다.

"비록 우리 작전이 완벽하게 성공한 건 아니지만 그래도 일본인과 한국인들이 서로 미워하고 헐뜯고 있으니 이 정도면 됐지, 뭐. 일본으로 돌아가고 나면 아무도 우리를 찾지 못할 거야. 무능한

범죄를 저지른 뒤에 다른 나라로 도망가 버리면 잡기 어려울 수도 있겠죠? 이런 걸 막기 위해서 법무부장관은 수사를 위해 필요한 경우, 어떤 사람의 출국을 금지할 수 있어요.

한국 경찰은 나중에야 땅을 치고 분해하겠지. 음하하하하."

단디 뽀사뿌라는 무사히 한국을 탈출할 수 있다는 생각에 절로 웃음이 나왔다.

비행기는 요란한 소리를 내며 활주로를 향해 움직일 준비를 하고 있었다. 막 기내 방송을 시작하려는데, 누군가 비행기 안으로 급하게 뛰어 들어왔다. 노빈손이었다.

노빈손은 곧장 승무원에게로 달려가서 급박한 일이 생겼다고 말했다.

"긴급하게 기내 점검을 해야 해서, 잠시만 대기하겠습니다."

기내 방송이 나오자 단디 뽀사뿌라는 미간을 찡그렸다.

"역시 한국은 엉망이라니깐."

노빈손은 기내를 돌아다니며 단디 뽀사뿌라 일당들을 찾았다. 노빈손의 눈에 익숙한 얼굴이 보였다. 갈고리눈이었다. 나름 변장을 하긴 했지만 쭉 찢어진 갈고리눈까지 숨길 수는 없었다. 노빈손은 단디 뽀사뿌라를 본 적이 없지만, 갈고리눈과 나란히 앉아 있어서 단디 뽀사뿌라를 찾는 일은 어렵지 않았다.

노빈손에 뒤이어 여러 명의 경찰들이 비행기에 올랐다.

"저 사람들이에요."

노빈손이 외치자 경찰들은 단디 뽀사뿌라 일당을 그 자리에서 긴급체포했다.

원래 체포를 하려면 체포를 해도 좋다는 법원의 허가서인 체포영장이 있어야 합니다. 하지만 체포영장을 받을 시간적 여유가 없을 때도 있겠죠? 긴급한 상황에서 영장 없이 하는 체포를 '긴급체포'라고 합니다.

"그런데 노빈손 씨는 이 사람들이 여기에 있는 줄 어떻게 알았습니까?"

경찰의 질문에 노빈손은 갈고리눈의 가방을 가리켰다.

"저 안에 해답이 들어 있어요."

경찰은 갈고리눈의 가방 깊숙한 곳에서 작은 휴대전화 하나를 발견했다. 노빈손이 부산의 창고에서 탈출하기 직전 이유손에게서 빌린 뒤에 갈고리눈의 가방에 몰래 넣었던 이유손의 휴대전화였다. '친구 찾기' 어플리케이션을 통해서 휴대전화 위치를 추적한 노빈손은 갈고리눈과 단디 뽀사뿌라가 어디 있는지를 찾을 수 있었던 것이다.

단디 뽀사뿌라는 경찰서에 잡혀 왔지만, 오리발을 내밀면서 오히려 거칠게 화를 냈다.

"지금 이게 뭐하는 짓입니까? 아무리 경찰이라도 무고한 시민을 이렇게 괴롭혀도 되는 겁니까? 그리고 내가 외국인이라고 함부로 대하는 겁니까?"

"양순동이라는 사람에게 살인을 지시하셨죠?"

"전 양순동이 누군지 알지도 못합니다."

단디 뽀사뿌라는 얼굴색 하나 변하지 않고 뻔뻔하게 거짓말을 했다. 경찰관은 말로 해서는 안 되겠다고 생각하고, 양순동의 휴대전화 통화 기록, 문자 메시지를 주고받은 내역을 보여 줬다.

"알지도 못하는 사람과 이렇게 통화를 자주 합니까? 그리고 모르는 사람에게 '그 일 뒤탈 없이 깔끔하게 처리해'라는 문자는 왜 보냅니까?"

단디 뽀사뿌라는 반박하지 못했다.

경찰의 조사 결과, 이 사건은 모두 단디 뽀사뿌라가 계획한 일이라는 것이 밝혀졌다.

단디 뽀사뿌라는 철저했다. 미리 범행 도구인 목도리를 이유석의 이름으로 구매하게 해서 이유석에게 불리한 증거를 만들어 놓았다. 그리고 범죄를 실행한 뒤 이유석의 지문을 현장에 남겨 두는 일, 이따이의 목걸이를 이유석의 집에 놓아 두는 일, 이유석을 범인으로 몰래 제보하는 일 모두 단디 뽀사뿌라의 머리에서 나온 것이었다.

이 정도면 완전범죄가 가능할 것이라 단디 뽀사뿌라는 확신했지만, 미처 생각지 못한 변수가 있었다. 단디 뽀사뿌라는 매우 분한 듯 이를 갈며 말했다.

"그 놈의 문… 문… 문어 대… 대…가리만 없었어도…."

집에 누워서 TV를 보고 있던 노빈손은 갑자기 귀가 간지러웠다.

'누가 내 이야기를 하나?'

에필로그

이유석에 대한 판결 선고는 정확히 일주일 뒤에 이루어졌다.

"형사재판에서 범죄 사실을 인정하여 유죄를 선고하기 위해서는 검사가 피고인이 범인이라는 걸 증명해야 합니다. 다시 말해 '혹시 이 피고인 말고 다른 사람이 범인이 아닐까?'라는 합리적 의심이 법관에게 들지 않도록 증명해야 법관이 유죄 판결을 선고할 수 있습니다. 그런데 피고인의 변호인이 제출한 녹음 파일을 들어 보았을 때 피고인이 범죄를 저지른 게 아니라 진범이 따로 있는 것으로 보입니다. 이에 본 재판부는 피고인 이유석에게 무죄를 선고합니다."

이유석은 감격의 눈물을 뚝뚝 흘렸다.

✳

"빈손아~~."

노빈손의 엄마는 공기 반 소리 반의 낭랑한 목소리로 노빈손을 불렀다. 대답이 없자 노빈손의 방으로 달려갔다. 코를 골며 자고 있을 줄 알았는데 침대에는 노빈손이 없었다. 그때 노빈손이 욕실에서 나왔다.

"저 부르셨어요?"

노빈손의 엄마는 눈이 휘둥그레졌다.

"네가 웬일이냐? 깨우지도 않았는데 이 시간에 일어나서 씻기까지?"

"이 정도로 뭘 그러세요? 아침 준비 다 끝나셨어요? 저 아침 먹고 도서관 가려고 하거든요."

"도서관? 내가 뭘 잘못 들었니? 너 혹시 많이 아픈 거야?"

노빈손의 엄마는 노빈손의 이마에 손을 짚으며 물었다.

"아니에요, 엄마. 저도 이제 목표가 생겼으니, 목표 달성을 위해서 열심히 노력해야죠."

"목표가 뭔데?"

노빈손은 대답 대신 가방을 열어서 엄마에게 보여 줬다. 가방에는 법전과 법학 서적들이 가득 들어 있었다. 노빈손은 집을 나서며 마음속으로 외쳤다.

'미래의 법조인, 노빈손 나가신다.'

법은 누가 만들고 어떻게 지켜질까?

사회를 튼튼하게 지탱해 주는 법. 법은 누가 만들고 어떻게 지켜지는지, 법과 관련이 있는 기관들을 통해 알아볼까요?

국회 : 입법부

국회의원

법은 하늘에서 뚝 떨어지는 게 아니라 누군가 만들어야 하는 것입니다. 법을 만드는 일을 '입법'이라고 하는데, 입법을 담당하고 있는 기관은 '국회'입니다. 국회의원들이 법 만드는 일을 하죠.

새로운 법률이 만들어지거나 원래 있던 법률이 바뀌는 과정을 살펴볼까요? 국회의원이 된 노빈손이 가족들이 함께 많이 놀 수 있도록 '일주일에 3일은 휴일'로 하는 법을 만들어야겠다는 제안을 떠올립니다. 법이 되기 전의 이런 제안을 '법률안'이라고 합니다. 이 법률안을 법으로 만들기 위해선 국회에 제출해야 하죠. 한데 그러려면 국회의원 10명 이상이 이 법률안에 동의를 해야 합니다.

노빈손의 설득으로 10명 이상의 국회의원이 동의해서 법률안을 국회에 제출하게 됩니다. 그러면 이 법률안의 내용이 제대로 된 것인지를 면밀하게 살펴보는 '심의' 과정을 거칩니다. 심의 과정에는 모든 국회의원이 다 같이 참여하는 것이 아니라, 그 분야에 대해서 잘 알고 있는 10~30명 정도의 국회의원이 참여합니다. 이렇게 특정한 분야에 대해서 잘 아는 국회의원들의 모임을 '상임위원회'라고 불러요.

　상임위원회에서 충분히 논의를 하여 법으로 만들면 좋겠다 싶으면 법률안을 본회의로 보냅니다. 본회의는 국회의원 전체가 모여서 다 같이 논의를 하는 거죠. 왜 이런 법률안을 만들었는지, 이 법률안이 어떤 내용을 담고 있는지 등에 대해 토론합니다.

　토론이 끝나고 나서 이 법률안에 찬성하는지, 반대하는지 국회의원들이 투표를 해요. 전체 국회의원 중에서 절반이 넘는 사람이 출석을 하고, 출석한 사람 중 절반 넘는 사람이 찬성을 해야만 법률안이 통과되어서 정식으로 법률이 되는 거죠. 과반수 이상의 찬성으로 통과되면 '일주일에 3일은 휴일'이라는 법률이 생깁니다.

　국회는 이제 새롭게 생긴 법률을 정부에 보냅니다. 그러면 대통령이 검토해 보고 특별히 문제가 없다 싶으면 이 법률을 널리 국민들에게 알립니다. 이 과정을 '공포'라고 해요. 공포된 법률은 보통 20일이 지나면 효력이 발생해요. 21일째부터는 일주일에 3일을 쉬게 되는 거죠.

법률안의 제안	상임위원회 심의	본회의 의결	법률안의 공포
국회의원 10인 이상	10~30명의 국회의원	과반수의 출석과 찬성	대통령

행정부 : 집행부

법이 국회에서 만들어지고 나면 법을 집행할 기관이
필요하죠. 법을 집행하는 기관을 행정부라고 합니다.
법을 집행한다는 게 무슨 뜻일까요?

경찰

담배와 관련된 정책을 통해서 행정부가 법을 집행하는 과정을 알아볼게요.

담배가 몸에 매우 해롭다는 건 다 알죠? 담배는 직접 피우는 사람의 건강을
해칠 뿐만 아니라 주변에 있는 사람의 건강도 해칠 수 있는 무서운 존재인데도,
담배를 피우는 어른들이 있어요.

그래서 담배로 인한 피해를 막기 위해 '국민건강증진법'이라는 법이 만들어졌
어요. 이 법에 따르면 시청·주민센터와 같은 공공기관, 학교, 병원, 도서관, 어린
이 놀이시설 등은 담배를 피울 수 없는 금연 구역입니다.

법은 반드시 지켜야 하고, 법을 지키는 사람이 대부분이지만 간혹 법을 지키
지 않는 사람들도 있죠? 이런 사람들에게는 일정한 제재를 가할 필요가 있어
요. 그게 바로 법이 도덕과 다른 점이기도 하죠. 그래서 담배를 피우지 못하도
록 정해 놓은 금연 구역에서 담배를 피운 사람에게 일정한 돈(과태료)을 내게 합
니다.

근데 그러려면 금연 구역에서 담배를 피우는 사람이 있는지 없는지를 감시
하고, 담배를 피워 법을 위반한 사람에게 과태료를 내라고 할 사람이 필요하겠
죠? 시청이나 구청 소속의 공무원들 혹은 경찰이 바로 그 역할을 합니다. 이렇
게 법이 잘 지켜질 수 있도록 하는 행정부의 업무를 '법의 집행'이라고 합니다.

법원 : 사법부

행정부가 법을 잘 집행하고 있는지, 일반 국민들이 법을 잘 지키고 있는지를 판단하는 역할은 사법부인 법원이 하고 있습니다.

법적인 분쟁이 생겨 법원에 소송을 제기하면 법원이 누구 말이 맞는지 결론을 내려 주는데, 이러한 과정을 재판이라고 하죠.

우리나라의 재판은 3심제를 기본으로 하고 있어요. 즉, 처음에는(1심) 지방법원에서 재판을 하고, 두 번째는(2심) 고등법원에서, 마지막으로는(3심) 대법원에서 재판을 할 수 있어서, 같은 사건에 대해서 총 3번의 재판을 받을 수 있죠(실제로 2심은 사건에 따라 다른 법원에서 받을 수 있어요).

재판 결과가 만족스러워서 1심 재판에서 끝나는 경우도 많습니다. 허나 반대로 재판 결과가 불만족스러워서 법원에 다시 소송을 제기하는 것을 '상소'라고 불러요. 이때 1심 법원(지방법원)의 재판에 이의가 있어 고등법원에 다시 재판을 청구하는 것을 항소, 2심 법원(고등법원)의 재판에 이의가 있어 대법원에 다시 재판을 청구하는 것을 상고라고 합니다. '항소'와 '상고'를 합쳐서 '상소'라고 하는데, 항소, 상고, 상소는 명칭이 비슷해서 많이 헷갈리죠.

대법원은 우리나라의 최고법원으로서, 법률 해석에 관한 최종적인 판단 권한을 가지고 있습니다. 대법원에 있는 판사를 '대법관'이라고 하죠.

판사

헌법재판소

우리나라에는 법이 굉장히 많습니다. 민법, 민사소송법, 상법, 형법, 형사소송법, 행정법과 같은 기본적인 법률뿐 아니라 청소년 보호법, 아동·청소년의 성보호에 관한 법률, 학교 급식법, 학교폭력예방 및 대책에 관한 법률 등등요.

이렇게 다양한 법 중에서 국민이 어떠한 기본권을 가지고 있는지, 나라는 어떻게 운영해야 하는지를 정해 놓고 있는 헌법은 대한민국 법 중에서 가장 기본이 되면서 가장 중요한, 한마디로 '최고의 법'입니다.

한데 개별 법률에 정해 놓은 내용과 헌법에서 정해 놓은 내용이 다르면 어떻게 될까요? '설마 그런 일이 있겠어'라고 생각할 수도 있지만 법이 워낙 많다 보니 그런 일이 종종 있습니다.

두 법의 내용이 다를 경우, 언제나 '헌법'이 이깁니다.

그렇다면 법률이 헌법에 위반되는지 안 되는지를 판단하는 기관이 있어야 되겠죠? 그 기관이 바로 헌법재판소입니다. 대법원에 대법관이 있듯이, 헌법재판소에는 9명의 헌법재판관이 있습니다.

헌법재판소장

법조인들은
각각 무슨 일을 하나?

전구~우~욱! 법조인 자랑!

빵빠빵빠빵 빵빠빵빠빵 빠라빵빵 빵빵빵빵! 딩동댕!
빵빠빵빠빵 빵빠빵빠빵 빠라빵빵 빵빵빵빵!

노빈손 전국에 계신 시청자, 아니 독자 여러분 안녕하십니까? 저는 전국 법조인 자랑의 사회를 맡은 노빈손이라고 합니다. 지금부터 전국 각지에서 활동하고 있는 법조인 네 분을 모시고 자기 자랑을 들어 보겠습니다. 독자 여러분께서는 잘 들어 보시고, 가장 중요한 역할을 하는 법조인을 뽑아 주세요. 먼저 참가번호 1번, 인사 부탁드립니다.

나강골 참가번호 1번, 나강골 검사입니다. 뉴스나 신문을 보면 범죄를 저지르는 나쁜 사람들이 많이 있다는 걸 알 수 있죠? 이렇게 나쁜 짓을 한 범죄자들은 잡아서 벌을 줘야 하는데, 이런 일을 주로 하는 사람이 바로 검사입니다.

범죄가 발생하면 제일 먼저 해야 하는 일은 범인이 누구인지를 찾는 것입니다. 범인을 찾는 일을 '수사'라고 하는데, 초기 수사는 대부분 경찰이 하지만 중요한 사건은 초기 수사부터 검사(검찰)가 직접 관여합니다.

범인이라고 생각되는 사람(이런 사람을 '피의자'라고 하죠)이 있으면 그 사람을 불러서 범인이 맞는지 물어봅니다. 대부분의 피의자는 자신이 범인이 아니라고 잡아뗍니다. 그러니 범죄의 증거가 있어야 하죠.

범죄의 증거를 찾고 나면 피의자를 처벌해 달라고 법원에 재판을 청구합니다. 재판을 하여 유죄가 인정되면 처벌을 받게 되지요.

수사가 끝났다고 일이 끝난 건 아니에요. 검사는 재판에도 참여하는데, 대체로 수사를 담당하는 검사(수사검사)와 재판을 담당하는 검사(공판검사)가 다릅니다. 그건 수사와 재판을 동시에 하면 검사가 할 일이 너무 많아지기 때문에 각자 할 일을 나눠 놓은 거예요.

나쁜 사람을 붙잡아서 혼내 주는 저 같은 검사가 되고 싶지 않으세요?

노빈손 네, 나강골 검사님. 자기 자랑 잘 들었습니다. 다음은 참가번호 2번입니다.

송미연 안녕하세요? 저는 참가번호 2번, 송미연 변호사입니다. 조금 전에 나강골 검사님께서 잘 말해 주신 것처럼 검사는 범인을 수사하고 그 사람을 처벌해 달라고 재판을 제기하는 역할을 합니다. 그런데 만약 검찰이 범인이라고 주장하는 사람이 실제 범인이 아니라면 어떻게 될까요?

자신이 범인이 아니라는 걸 잘 설명해야 하는데, 그게 쉬운 일은 아닙니다. 검사님은 법에 대해서 잘 알고 있는 전문가이지만, 범인으로 몰린 사람은 법에 대해서는 잘 모르는 보통 사람이기 때문이죠. 이러한 보통 사람들을 돕는 게 저 같은 변호사들의 역할입니다.

저희 변호사들은 형사 사건에서 피의자(피고인)의 변호인이 되어서 피의자의 편에 서서 법률적인 도움을 주고 변호를 하여 피의자가 억울하게 피해를 보지 않도록 돕고 있습니다.

변호사는 수사 단계와 재판 단계 모두에서 활약을 해요. 피의자가 수사를 받을 때 수사에 같이 참여해서 피의자를 도와주죠. 그래서 피의자가 경찰이나 검찰에 가게 되면 본격적인 조사를 받기 전에 경찰관이 피의자에게 변호사의 도움을 받을 건지를 물어본답니다.

재판에서도 많은 일을 합니다. 피고인을 대신해서 검사의 주장을 반박하기도 하고, 피고인에게 유리한 증거를 찾아서 제출하기도 하죠.

어려움에 처한 사람을 돕고 억울함까지 해결해 주는 변호사, 좀 멋지지 않나요?

 노빈손 네, 멋진데요. 다음은 참가번호 3번 나오시죠!

 박공정 저는 참가번호 3번 박공정 판사입니다. 형사재판은 어떤 사람이 범죄를 저질렀는지를 알아보는 과정입니다. 대개 검사는 피고인이 죄를 저지른 게 확실하다고 이야기하고, 피고인의 변호인은 피고인이 죄를 저지르지 않았다고 말합니다.

서로 전혀 다른 이야기를 하면 어떻게 해결해야 할까요? 주장과 증거를 꼼꼼하게 검토해서 둘 중 누구의 말이 더 맞는지를 판단해야 하죠. 그러한 일을 하는 사람이 바로 저 같은 판사입니다. 스포츠에 비유하면 검사와 변호사는 직접 경기를 하는 선수이고, 판사는 공정하게 판단하는 심판이죠.

판단을 잘하려면 사건을 잘 알아야겠죠? 그래서 저는 사건 기록도 매우 꼼꼼하게 보고, 사건에 대해서 잘 아는 증인을 불러서 이것저것 물어보기도 해요. 필요하면 실제 현장에 나가기도 하죠.

만약 피고인이 죄를 저지르지 않았다면 무죄를 선고하고, 반대로 피고인이 죄를 저질렀다면 유죄를 선고합니다. 그리고 유죄를 선고할 때에는 그 사람이 어떤 종류의 형벌을 얼마만큼 받아야 하는지도 결정합니다.

유죄이고 징역형을 선고받는다고 해서 항상 교도소에 가는 건 아닙니다. 범죄가 그다지 심각하지 않거나 피고인이 깊이 반성하는 경우에는 교도소에 가지 않고 사회에서 생활할 수 있도록 하는 제도가 있습니다. 바로 집행유예인데요. 집행유예 선고를 할지 말지도 판사가 정하죠. 이처럼 죄가 되는지 안 되는지를 최종적으로 판단하는 건 다른 누구도 할 수 없는 판사의 고유한 권한이죠. 훌륭하지 않습니까?

노빈슨 네, 훌륭하네요. 마지막으로 참가번호 4번, 오래 기다리셨죠?

법학자 네, 앞의 세 분이 말씀을 많이 하셔서 좀 기다렸습니다. 저는 참가번호 4번 정유식 교수입니다. 저는 검사, 변호사, 판사와는 다소 다른 일을 합니다. 세 분은 구체적인 사건을 어떻게 처리할 것인지에 대해서 많이 고민하고 판단하는 일을 하는 데 반해, 저는 연구와 교육을 담당하고 있습니다.

검사, 변호사, 판사가 주로 '현장'에서 일을 하는 것과 달리 저는 '학교'에서 일을 합니다. 법학도 엄연한 학문이므로 끊임없이 연구를 해야 합니다. 법률은 계속 바뀌고 판례도 계속 새롭게 나오기 때문에 연구에는 끝이 없습니다.

연구한 결과물을 논문으로 정리해 학회에서 발표하기도 하고, 다른 학자들과 토론도 많이 합니다. 때로는 대법원 판례가 잘못되었다고 비판을 하기도 하죠. 아, 판례가 뭐냐고요? 판례는 법원이 특정 사건에 대해 내린 판결을 말합니다.

그리고 연구 못지않게 중요한 것은 교육입니다. 법에 능통한 전문가를 키우기 위해서는 법을 제대로 가르치는 사람이 필요합니다. 법을 전문적으로 가르치는 교육기관인 법학전문대학원(로스쿨)과 법과대학에서 학생들과 호흡하며 법을 가르치는데, 방학 때는 수업을 하지 않아도 되니 시간적 여유가 많은 게 장점이기도 하죠.

이렇게 법에 대해 연구와 교육을 전문적으로 하는 사람이 바로 저 같은 법학자입니다. 법을 열심히 연구해서 깊이 있게 이해하는 재미, 훌륭한 법조인을 양성할 때 느끼는 보람은 법학자만 알 수 있는 기쁨입니다. 어때요, 굉장해 보이죠?

노빈손 네, 말씀 잘 들었습니다. 바쁘신데 시간 내 주신 네 분의 법조인들께 감사드립니다. 그럼 지금부터 전국 법조인 자랑의 수상자를 말씀드리도록 하겠습니다.

두구두구두구 결과는 과연?

소송이 뭘까?

재판을 통해서 잘잘못을 가리고 누구의 말이 법적으로 맞는지를 따지는 법원의 절차를 '소송'이라고 합니다. 소송의 종류에는 민사소송, 형사소송, 가사소송, 행정소송 등이 있어요. 사례를 통해서 하나씩 살펴볼까요?

민사소송

< 사례 >

저희 엄마가 친구분이 급하게 돈이 필요하다고 해서 500만 원을 빌려줬습니다. 그런데 돈을 빌려 갈 때는 한 달 안에 꼭 갚겠다고 했는데 세 달이 지나도록 돈을 갚지 않고 있어요. 엄마의 전화도 잘 받지 않더니, 급기야는 '돈을 못 갚겠으니 알아서 하라'는 식으로 말하고 있어요.

이 사례처럼 돈을 빌려주고도 돌려받지 못하는 분을 위한 소송이 민사소송입니다. 민사소송은 주로 돈과 관련된 다툼이 있을 때 제기하는 소송이죠. 민사소송은 우리나라에서 일어나는 소송 중 대부분을 차지하는, 가장 일반적인 소송이라고 할 수 있어요.

보통의 민사소송은 돈을 받아야 하는 사람이 법원에 소송을 제기하는데, 소송을 제기하는 사람을 '**원고**'라고 부르고, 소송을 제기당한 사람을 '**피고**'라고 불러요.

이 사례는 엄마가 원고이고, 엄마 친구분이 피고가 되겠죠. 원고가 소송에서 이기면 피고는 원고에게 돈을 꼭 갚아야 해요. 만약 법원이 판결을 내렸는데도 돈을 안 갚으면 법원이 피고의 재산을 강제로 팔아 버릴 수도 있거든요.

형사소송

〈 사례 〉

삼촌이 편의점을 운영하고 있는데, 어느 날부터 편의점의 물건이 하나 둘씩 없어지는 걸 알았어요. 아무리 생각해도 이상해서 CCTV 화면을 돌려 보았죠. 그랬더니 단골손님 중의 한 명이 물건을 계산도 하지 않고 몰래 가지고 가는 거예요.

형사소송은 누가 범죄를 저질렀는지를 가리는 소송입니다. 어떠한 행동이 범죄인지 아닌지는 어떻게 알 수 있을까요? 그건 법률을 보면 됩니다. 즉 법에서 하지 말라고 정해 놓은 행동을 하면 처벌을 받아야 하고 그 외의 행동에 대해서는 처벌 받으면 안 되는 거죠. 이걸 어려운 말로 '죄형법정주의'라고 불러요.

예를 들어, 다른 사람의 물건을 훔치는 걸 절도라고 하는데, 절도가 범죄인 이유는 형법 제329조에서 '타인의 재물을 절취한 자는 6년 이하의 징역 또는 1천만 원 이하의 벌금에 처한다'라고 정해 놓고 있기 때문입니다.

위의 사례에서 단골손님은 몰래 삼촌 편의점에 있는 물건을 훔쳤고 이건 절도에 해당하니, 벌을 받을 가능성이 높아요. 삼촌은 단골손님을 처벌해 달라고 경찰이나 검찰에 요청할 수 있는데, 피해자가 범죄를 저지른 사람을 신고하는 걸 '고소'라고 하죠.

가사소송

< 사례 >

얼마 전 할머니가 돌아가셨는데, 그 이후로 저희 집안에 크고 작은 다툼이 자주 발생하고 있어요. 그 이유는 할머니가 남긴 재산이 많기 때문이에요. 재산을 어떻게 나눌지에 대해서 집안 식구들이 많은 이야기를 나누었지만 서로의 주장이 달라서 의견 차이가 좁혀지지 않고 갈등만 커지고 있어요.

가사소송은 결혼으로 인한 문제, 유언과 상속에 관한 다양한 문제 등과 같이 주로 가정에서 일어나는 법률 문제를 다루는 소송입니다. 가정은 사랑과 혈연을 기반으로 한 공동체이지만 가정 내에도 여러 법률 문제가 생길 수 있어요. 매우 안타까운 일이지만, 아무리 사랑해서 결혼을 한 부부라고 하더라도 때론 갈라설 수도 있어요. 이혼을 할 때 주로 문제가 되는 건 아이를 누가 키울 건지와 부부가 같이 관리하던 재산을 어떻게 배분할 건지 하는 거예요.

또 위의 사례처럼 상속 문제도 다루지요. 부모님이 돌아가시고 자녀들이 재산을 어떻게 나눌 건지에 대해 의견이 다르면 결국 법원이 개입해서 대신 결정을 해 주죠. 위 사례와 같은 경우 가족 중 한 명이 가정법원에 '상속재산분할심판'을 청구해서 법원의 판단을 받으면 됩니다.

행정소송

< 사례 >

이모가 식당을 운영하고 있어요. 그런데 얼마 전에 시청 위생과 직원이 나와서 식당의 주방을 확인하다가 유통기한이 3일 지난 식재료를 발견했어요. 그러고는 이모에게 3달 동안 식당 영업을 하지 말라고 명령했어요. 이모는 실수로 유통기한을 확인하지 못했고 유통기한이 3일밖에 지나지 않았는데, 3달이나 식당을 열지 말라고 하는 건 너무 심하다고 생각해요.

행정소송은 국가나 지방자치단체 같은 행정기관과 개인 사이에 다툼이 있을 때 이루어지는 소송입니다. 행정기관은 생각보다 우리의 일상생활과 밀접하게 관련되어 있습니다.

어떤 행위를 하려면 행정기관이 허락을 해 줘야 하는 경우가 있어요. 버스를 운행하여 돈을 벌려면 행정기관으로부터 먼저 면허를 받아야 하는 것처럼요.

또 국민이 어떤 일을 하면 행정기관이 제재를 가하기도 해요. 위의 사례처럼 이모에게 식당 영업을 하지 못하게 하는 것도 일종의 제재라고 할 수 있어요.

이렇게 행정기관이 국민에게 하는 행위 중에서 국민의 생활에 직접적인 영향을 미치는 걸 '행정처분'이라고 불러요. 이모가 3달 영업 정지가 부당하다고 생각한다면 이 명령을 취소해 달라고 행정법원에 소송을 제기할 수 있어요.

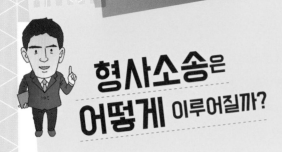

형사소송은 어떻게 이루어질까?

교통사고를 일으킨 '김난폭 씨'의 가상 일기를 통해서 형사소송의 구체적인 절차에 대해 좀 더 자세히 살펴볼게요.

2116. 6. 1

친구를 만나기로 한 시각은 3시였다. 그런데 이것저것 챙기다 보니 시간이 많이 걸려서 예상보다 늦게 집을 나섰다. 오늘따라 왜 이렇게 차가 막히는지, 가다 서다를 반복했다. 약속 시간은 다가오고 차는 제대로 움직이지 않고, 마음이 급했다. 그러다 신호 위반을 하고 말았다. 빨간색 정지등이 켜지긴 했지만 막 신호가 바뀐 상황이라 큰 문제가 없을 줄 알았다.

그런데 횡단보도를 건너는 사람이 있을 줄이야! 오 마이 갓!

브레이크를 밟아 급정거를 하긴 했지만 횡단보도를 건너던 할머니를 치고 말았다. 눈앞이 캄캄했다. 마음을 진정시키고 나가 보니 다행히 할머니는 심하게 다치지는 않은 것처럼 보였다. 하지만 확실한 처리를 위해서 경찰에 신고를 했다. 곧 경찰차와 구급차가 현장에 출동했다. 119 대원들은 할머니를 병원으로 모시고 갔고, 경찰관은 나의 인적사항을 적고 사건 현장을 카메라로 촬영했다.

2116. 6. 14

경찰서에서 교통사고에 대한 조사가 필요하니 신분증을 가지고 경찰서로 오라고 전화를 했다. 난생처음 경찰서에 가서 조사를 받으려니 무척이나 긴장이 되었다. 경찰 조사를 받는 과정에서 경찰관은 나를 '피의자'라고 불렀다. '범죄를 저지른 것으로 의심을 받는 사람'이라는 뜻이라고 한다.

경찰관은 운전을 하다가 사람을 치어서 다치게 하면 '교통사고처리특례법'에 따라 처벌을 받게 된다고 했다. 보통의 교통사고는 자동차종합보험에 가입되어 있고 피해자와 합의를 하면 형사처벌을 받지 않지만, 나처럼 신호 위반을 했을 때는 처벌을 받을 수 있다고 설명해 주었다.

2116. 6. 29

경찰 조사를 받은 지 벌써 며칠이나 지났는데 검찰에서 다시 한 번 조사가 필요하다며 불렀다. 조사의 방식과 내용은 경찰에서 받았던 것과 비슷했다. 나는 잘못한 부분에 대해서 순순히 인정을 했고 합당한 처벌을 받겠다고 이야기했다. 검사님은 "신호 위반을 해서 사람을 다치게 했으니 재판을 청구할(검사의 재판 청구를 공소제기라고 한다고 했다) 수밖에 없다. 합의를 해도 처벌을 받지만 보다 낮은 처벌을 받으려면 피해자와 합의를 하는 게 여러모로 좋다"라는 이야기를 해 주었다.

검찰 조사를 마친 뒤에 피해자 할머니가 입원해 계신 병원으로 찾아갔다. 할머니는 크게 다치지는 않으셨지만, 다리 뼈에 살짝 금이 가서 한동안 입원을 해야 한다고 했다. 나는 할머니께 다치게 해서 정말 죄송하다는 말씀을 드렸고, 할머니는 다음부터 운전할 때에는 좀 더 조심하라면서 나의 사과를 받아주셨다. 나는 할머니께 치료비와 위자료를 드리고 나서 합의서를 작성했다.

2116. 7. 15

법원에서 공소장이라는 서류가 왔다. 검사가 재판을 청구했으니 법원에 출석을 하라는 내용이었다. 법원에 가는 일이 즐겁지는 않지만, 잘못을 했으니 갈

수밖에. 공소장에는 '피고인'이라고 적혀 있었다. 경찰이나 검찰에서 조사를 받을 때에는 '피의자'라고 불리지만, 일단 형사재판이 시작되면 '피고인'으로 불리게 된다는 것을 이번에 알았다.

2116. 8. 9

재판을 하는 곳은 서울중앙지방법원이었다. 서울에는 총 5개의 지방법원(서울중앙지방법원, 서울서부지방법원, 서울동부지방법원, 서울남부지방법원, 서울북부지방법원)이 있는데, 그중에서도 제일 크고 사건이 많은 곳이 서울중앙지방법원이라고 했다.

굉장히 걱정을 하며 법원에 출석했는데, 다행히 판사님의 인상이 좋아 보였다. 판사님은 부드러운 말투로 이름, 주소, 주민등록번호 등을 물어보았다. 그 뒤에 검사님이 내가 구체적으로 무슨 잘못을 저질렀는지를 이야기했다. 판사님은 검찰이 주장하는 내용을 인정하느냐고 물었다. 나는 모두 인정을 하고 신호위반을 해서 사람을 다치게 만든 점에 대해서 반성하고 있다고 말씀드렸다.

판사님은 특별하게 더 할 말이 없으면 재판을 끝낸다고 말씀하시더니, 다음번에 판결을 선고할 테니, 꼭 출석하라는 당부를 하셨다.

2116. 9. 6

드디어 판결 선고일. 긴장된 마음으로 법원에 다시 출석했다. 판사님은 내가 잘못을 인정하고 반성하고 있다는 사실을 좋게 보셨던 모양이다. 그리고 피해자와 원만하게 합의를 하고, 예전에 이와 비슷한 범죄를 저지르지 않았다는 점 등을 이유로 비교적 약한 처벌인 벌금형을 선고했다.

아무런 처벌을 받지 않았으면 더 좋았겠지만, 그래도 비교적 낮은 처벌을 받게 된 것은 다행이다. 앞으로는 더욱 조심해서 운전을 해야겠다고 다짐 또 다짐했다.

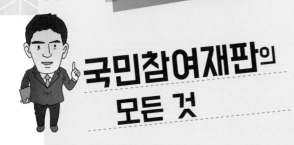

국민참여재판의 모든 것

재판의 결론(판결)은 누가 내릴까요? 법관(판사)이라고 생각하는 사람이 많을 겁니다. 일반적으로 판결은 판사가 혼자 하지만, 때로는 보통의 국민들이 판결에 관여하기도 하죠.

판사는 법에 대해서 잘 아는 전문가이지만, 간혹 판사가 내린 결론이 보통의 국민들이 생각하는 상식과는 맞지 않는 때가 있기도 하고, 판사도 사람이라서 실수를 할 수도 있습니다. 그래서 일반 국민들이 재판에 참여해서 결론을 내리는 국민참여재판제도가 2008년에 도입되어 현재도 시행되고 있습니다.

Q. 국민참여재판은 언제 하나요?

⋯› 모든 재판을 국민참여재판 형식으로 진행하는 건 아닙니다. 피고인이 범죄를 저질렀는지를 알아보는 형사재판이어야 합니다. 민사재판, 가사재판, 행정재판 등에선 국민참여재판을 하지 않습니다. 또한 재판을 받는 피고인이 원해야 하는 것이지, 하고 싶지 않은데도 억지로 국민참여재판을 받게 할 수는 없습니다.

Q. 배심원 후보자 선정은 어떻게 하나요?

⋯› 국민참여재판을 하려면 당연하게도 '국민'이 필요하겠죠? 일반 국민 중 재판에 참여해서 재판의 결론을 내리는 데 참여하는 사람을 '배심원'이라고 불러요.
배심원을 정하기 전에 먼저 하는 것이 '배심원 후보자'를 정하는 겁니다. 배심원 후보자는 어떻게 정해지냐고요? 법원은 주민등록 정보를 이용해서 만든 '배심원 후보 예정자 명부'를 가지고 있는데 그중에서 무작위로 고르는 겁니다.

국민참여재판을 하기로 결정하면 법원은 배심원 후보자에게 몇 월 며칠에 법원으로 출석하라는 '선정기일 통지서'를 보냅니다. 이 통지서를 받으면 법원에서 지정한 날짜와 장소에 출석을 해야 합니다. 만 70세 이상이거나, 아프거나 하는 사정이 있는 경우에는 출석을 하지 않아도 되지만, 아무런 이유도 없이 법원에 나가지 않으면 과태료(일종의 벌금)를 물을 수도 있어요.

Q. 배심원 선발은 어떻게 하나요?

┈▸ 배심원 후보자로 선정되었다고 바로 배심원이 되는 건 아닙니다. 배심원은 보통 7 또는 9명인데 배심원으로 최종 선발되려면 변호인과 검찰의 선택을 받아야 합니다.

변호인(피고인)은 배심원 후보자들에게 여러 가지 질문을 한 뒤 자신들에게 불리한 판단을 할 것 같은 후보자 중 일부를 제외해 달라고 요청할 수 있습니다. 이렇게 하면 피고인에게 유리한 사람들로만 배심원이 꾸려지는 건 아니냐고요? 피고인이 제외해 달라고 요청할 수 있는 사람의 수가 제한되어 있고 피고인뿐만 아니라 검찰도 배심원 후보자 중 일부를 제외해 달라고 요청할 수 있으니, 결론적으로는 대체로 중립적인 사람들만 배심원이 됩니다.

Q. 재판은 어떻게 진행이 되나요?

┈▸ 배심원 선정이 끝나고 나면 본격적인 재판이 시작됩니다. 국민참여재판과 일반 재판은 약간의 차이가 있습니다. 일반 재판은 법정에서 검사와 변호사가 직접 말로 주장하는 경우보다는 글로 적은 서류를 제출하여 주장을 하는 경우가 많습니다. 하지만 국민참여재판에서는 검사와 변호사가 배심원들을 설득해야 하기 때문에 말로 주장하는 일이 많습니다.

또한 국민들은 법에 대해 전문적인 지식을 가지지 못했기 때문에 지나치게 어려운 법률 용어나 복잡한 법 논리를 장황하게 늘어놓기보다는, 상식적이고 이해하기 쉬운 표현으로 상식에 입각한 주장을 하는 경우가 많습니다.

일반 재판은, 재판이 시작된 날에서 6개월 정도 지나야 결론이 나오고, 그사이에 띄엄띄엄 재판 날짜가 잡힙니다. 그런데 일반 국민인 배심원들은 재판을 전문적으로 하는 사람들이 아니고 각자의 생활이 따로 있으니 재판이 있을 때마다 법원에 계속 나오라고 하기가 어렵습니다. 그래서 국민참여재판은 아침부터 저녁까지 한 번에 쭉 이어서 진행하고 보통 1~3일이면 최종 결론이 나오므로, 일반 재판에 비해서 굉장히 빠른 편입니다.

Q. 판결은 어떻게 내리나요?

⋯› 재판에서 검찰과 피고인이 각자의 주장을 하는 것을 다 듣고 나면, 배심원들은 배심원들끼리만 모여서 따로 논의를 하는데, 이 논의 과정을 '평의'라고 합니다. 피고인이 무죄라고 생각하는지 유죄라고 생각하는지, 그렇게 생각하는 이유가 무언지를 자유롭게 토론합니다. 이렇게 평의 과정을 거쳐서 유죄 혹은 무죄에 대한 배심원들의 생각이 하나로 통일되면, 그 결과를 판사에게 전달합니다. 그 결과를 '평결'이라고 부릅니다.

만약 만장일치를 이루지 못하면 판사의 의견을 들은 뒤에 다시 평의를 진행합니다. 그리고 유죄 평결이 이루어지면 배심원들은 판사와 함께 피고인에게 어떠한 형벌을 얼마나 부과할지를 논의합니다.

그렇다면 배심원들이 내린 결론을 법원이 반드시 따라야 할까요? 그렇지는 않습니다. 이 점이 우리나라 국민참여재판제도가 다른 나라와 다른 점이에요. 배심원들이 내린 결론은 하나의 참고사항이므로 반드시 그 결정에 따라야 하는 것은 아니고, 판사는 배심원들의 판단과 다르게 판결을 내릴 수도 있습니다. 하지만 실제로는 배심원들의 평결과 재판부의 판단이 다른 경우는 많지 않고, 대체로 법원은 배심원들의 평결을 존중하고 있습니다.

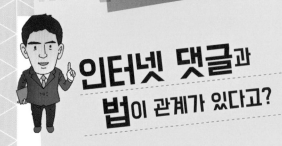

인터넷 댓글과
법이 관계가 있다고?

서연 지민아, 나 너무 속상해.

지민 왜 그래? 무슨 일 있어?

서연 며칠 전에 SNS에 가족들이랑 여행 가서 찍은 풍경 사진과 음식 사진을 올렸
     거든. 거기에 옆 반 현구가 댓글을 달았어.

지민 댓글 내용이 뭔데?

서연 캡처한 사진 보여 줄게.

가족들과 함께한 맛있는 저녁식사.
고기야, 얼른 익어라. 크크.

현구 공부는 안 하고 놀러 다니기만 하냐? 너 지난번 시험에
서도 꼴찌 하더니, 이번에도 꼴찌 할 거야? 푸흡. 그리고 저렇
게 돼지처럼 먹어 대니 계속 뚱뚱보인 거야. 어른들 걸리는 당
뇨병에 걸렸다고 하더니, 이제야 그 이유를 알겠다.

지민   어머, 이게 뭐야? 꼴찌? 뚱뚱보? 돼지? 당뇨병? 너무 심한 거 아냐?

서연   그러게 말이야. 내가 성적이 좋은 편은 아니어도 항상 중간 정도는 했는데 꼴
       찌라니. 그리고 난데없이 당뇨병은 무슨 말이야.

지민   정말 기분 나쁘겠다. 어떻게 할 거야?

서연   너무 화가 나서 도저히 가만히 있을 수가 없어. 일단 현구를 불러서 이야기를
       해 봐야겠어.

                    – 서연 님이 현구 님을 초대했습니다.–

현구   왜?

서연   너 왜 내 SNS에 이상한 댓글 달았어?

현구   댓글? 아 그거? 재밌잖아.

지민   너 때문에 서연이가 얼마나 상처 받았는지 알아? 서연이에게 사과해.

현구   싫은데. 사과 안 하면 어쩔 건데?

지민   예전에 댓글도 잘못 달면 법적으로 문제가 될 수 있다고 들은 것 같은데.

현구   법 같은 소리 하고 있네.

서연   안 되겠어. 전문가에게 물어봐야겠어.

                    – 서연 님이 송미연 변호사님을 초대했습니다.–

서연   변호사님! 누군가 제 SNS에 악성 댓글을 달았는데, 이런 것도 법적으로 문제
       가 될 수 있나요?

송미연 네, 법적으로 문제가 될 수 있어요. 별 생각 없이 장난으로 악성 댓글을 다는
       사람들이 있는데, 당사자는 큰 상처를 받을 수 있거든요. 악성 댓글은 단순한
       장난이 아니라, 사회 문제가 될 수 있다는 말이에요.

서연　저도 댓글을 보고 기분이 나빠서 하루 종일 아무 일도 할 수가 없더라고요.

송미연　서연이 친구와 같은 피해를 막기 위해서 만들어진 법이 있어요. '정보통신망
이용촉진 및 정보보호 등에 관한 법률'이 바로 그 법이죠.

지민　법 이름이 참 기네요.

송미연　줄여서 '정보통신망법'이라고 해요. 그 법에서는 '사람을 비방할 목적으로 공공
연하게 사실이나 거짓의 사실을 드러내어 타인의 명예를 훼손하는 내용의 정
보'를 유통하는 행위를 금지하고 있어요. 쉽게 말해, 다른 사람의 명예를 훼손
하는 글을 인터넷에 올리면 안 된다는 말이죠.

서연　명예를 훼손한다는 게 무슨 말이에요?

송미연　사람들은 각기 다른 사람에 대한 평가를 하는데, 말이나 글로 어떤 사람에 대
한 평가를 나쁘게 하는 걸 말해요. 예를 들어서, 다른 사람의 물건을 훔치는
건 나쁜 행동이죠. 그런데 물건을 훔치지도 않은 사람에게 '도둑'이라고 말하
면 어떻게 될까요?

서연　다른 사람들이 그 사람에 대해서 안 좋게 생각하고, 그 사람을 나쁜 사람이라
고 판단하겠죠.

송미연　맞아요. 그래서 다른 사람을 '도둑이다'라고 부르는 건 명예훼손이 될 수 있어
요.

지민　명예훼손을 하면 어떻게 되나요?

송미연　재판을 해서 명예훼손죄가 인정이 되면
벌금을 내야 할 수도 있어요.
심할 경우에는 감옥에 갈 수도 있고요.

현구　감옥이라고요?

송미연　명예훼손은 말이나 글로도 할 수 있고,
악성 댓글과 같이 온라인으로도 할 수 있어요.

이 중에서 온라인으로 다른 사람의 명예를 훼손하는 걸 '사이버 명예훼손'이라고 불러요. 인터넷으로 악성 댓글을 다는 사람이 많고, 인터넷에 한번 글이 작성되면 쉽게 전파되어서 많은 사람들이 볼 수 있기 때문에 사이버 명예훼손죄는 비교적 엄하게 처벌하고 있어요.

지민   명예훼손죄로 판결이 나면 바로 처벌을 받게 되는 건가요?

송미연   그렇지는 않아요. 명예훼손죄는 피해자가 범죄자를 처벌할지 말지를 선택할 수 있어요. 피해자가 원하는 경우에만 처벌을 할 수 있고, 반대로 피해자가 원하지 않으면 처벌할 수 없어요.

현구   ㅠ.ㅠ 서연아, 정말 미안해. 난 그냥 장난으로 그런 거야. 너에게 상처 줄 생각은 전혀 없었어. 한 번만 용서해 주면 다시는 안 그럴게.

서연   진심으로 반성하는 것 같으니, 용서할게.

송미연   보기 좋은 장면이네요.

변호사의 하루는 어떨까?

변호사라고 해서 모두 똑같은 생활을 하는 건 아니에요. 소송(재판) 업무를 주로 하는 송무 변호사가 있고, 기업이나 공공기관에 소속되어 법에 관한 자문을 주로 하는 사내 변호사가 있어요. 행정부나 공공기관에서 근무하는 공공기관 변호사들도 있고요.

그중에서 오늘은 송무 변호사의 하루 일과를 한번 살펴볼까요?

⏰ 08:30

출근. 평소보다 다소 일찍 출근했다. 변호사실이라 쓰인 내 방으로 들어와 서류 작성을 시작했다. 내 방이 따로 있으니 중요한 서류도 작성하고 방해받지 않고 의뢰인과 긴밀하게 대화도 할 수 있어 좋다.

⏰ 10:00

의뢰인과의 상담. 의뢰인은 공장에서 일하는 노동자였는데, 월급을 받지 못하고 있다고 했다. 회사 사정이 어렵다면서 사장이 벌써 6개월째 월급을 주지 않아서 생활하기 매우 어렵다고 말하며 눈물을 흘렸다. 사장이 근로자에게 임금을 주지 않으면 근로기준법에 따라 3년 이하의 징역 또는 2천만 원 이하의 벌금을 내는 형사처벌을 받을 수 있다고 말해 주자 의뢰인은 다소 안심한 표정을

지었다. 고용노동부 서울고용노동청
에 신고를 하면 그곳에서 일하는 공
무원에게서 도움을 받을 수 있다고
조언을 해 주었고, 의뢰인은 고맙다는
말을 반복했다. 원래 상담료를 받아야
하지만 형편이 어려운 것 같아 상담료
는 받지 않기로 했다.

🕛 12:00

　점심시간. 의뢰인이나 동료 변호사들과 따로 약속을 잡는 일도 있지만 오늘
은 특별한 일이 없어 사무실의 직원들과 같이 밥을 먹었다. 사무실에는 보통
사건 기록과 복사, 의뢰인 전화 받기 등의 행정적인 업무를 도와주는 직원이
있다. 행정업무를 총괄하는 '사무장'이라는 사람이 있는 사무실도 있다.

🕛 15:00

　재판 참여. 폭행에 관한 재판이 열렸다. 의뢰인은 길을 가다 모르는 사람과
시비가 붙었고, 이유도 없이 상대방이 자신을 때리는 바람에 크게 다쳤다고 주
장했다. 그런데 상대방은 전혀 다른 주장을 했다. 의뢰인이 먼저 자신을 때렸다
는 것이다. 같은 사건에서 두 사람의 주장이 완전히 다른 경우가 꽤 있는데 이
번 사건이 그랬다. 이럴 때 중요한 것은 자신의 주장을 뒷받침해 줄 수 있는 증
거를 확보하는 것이다.

　재판이 시작되기 20분 전에 의뢰인을 만나서 재판을 어떻게 진행할지 잠깐
논의한 뒤에 법정으로 들어갔다. 법정에 들어갈 때면 언제나 설렘과 긴장이 동

시에 느껴진다.

재판이 시작되자 재판장은 원고와 피고 양쪽의 주장을 들어 본 뒤에 어떻게 증명할 것인지를 물었다. 나는 의뢰인과 논의한 대로 사건 현장 근처에서 포장마차를 하던 가게 주인을 증인으로 불러서 물어봐 달라고 했다. 재판장은 우리의 요구를 받아들여 다음 재판 때 증인에게 질문을 하는 증인 신문을 하겠다고 말했다. 보통 재판은 한 달에 한 번씩 열리므로 한 달 뒤의 재판 때까지 충실하게 준비를 해야겠다고 생각하며 사무실로 돌아왔다.

🕕 18:00

다음 날 있을 재판 준비. 30건 정도의 사건을 동시에 진행하려니 일이 정말 많다. 재판에서 하고 싶은 말을 글로 정리해서 미리 법원에 제출했더니, 상대방이 재판 전에 읽어 보고 반박하는 서류를 제출했다. 그래서 또 거기에 반박하는 서류를 준비하고 있다.

재판 전에 미리 서류를 작성해 두어야 하는데, 오늘 써야 할 서류만 해도 3개나 된다. 법전, 법학서적, 대법원 판례, 학자의 논문 등을 많이 참고하려니 읽어야 할 양도 너무 많다.

🕘 21:00

마무리. 기지개를 쭉 한번 켰다. 퇴근하기 전에 이메일을 확인하니 예전 사건의 의뢰인이 보낸 메일이 있다. 사건을 잘 처리해 줘서 큰 도움이 되었고 매우 고맙다는 감사 인사가 담긴 메일이다. 피곤함이 저 멀리 날아간다. 아, 이럴 때 정말 보람을 느낀다.